Über dieses Buch »Zu machen, daß ein gebraten Huhn aus der Schüssel laufe« – ein alter Zauberspruch und ein zaubermächtiges Rezept geben dem Buch den Titel und seinen Anfang. ›Hocus Pocus‹ heißt die erste Geschichte, in der auch die Erzählerin »zaubert« und damit zeigt, daß Erzählen und Zaubersprache in alter Zeit einmal einer gemeinsamen Wurzel entsprungen sind.
Achtunddreißig in Form und Inhalt vielfältige, meist kürzere Prosatexte erzählen von Kindheit und Liebe, von Reisen in die USA und nach Nicaragua, von flüchtigen oder intensiven Begegnungen mit anderen Menschen und vor allem von der Auseinandersetzung mit sich selbst. Ihrer Tendenz nach sind Elisabeth Plessens Texte »Identitätsspiele«, Versuche, die eigene Person zu erfassen – im Spiegel der Welt.
Dennoch – Elisabeth Plessen liefert uns keine »penetrante Nabelschau der eigenen Subjektivität, kein narzißtisches Selbstbild. Es gelingt ihr, den Leser teilhaben zu lassen an ihren Gefühlen und ihn zugleich auf Distanz zu halten. Es ist ein Buch der Experimente, der Erlebnisse zwischen Realität und Traum, Fakten und Gefühlen, eine Reise durch ein Zauberland, das unsere Welt ist« (*Rheinischer Merkur*).

Die Autorin Elisabeth Plessen, 1944 in Holstein geboren, studierte Geschichte, Philosophie und Germanistik. Nach Reisen, die sie nach Westindien, Südamerika und in die Sowjetunion führten, begann sie zu schreiben: Gedichte, Essays, Erzählungen. Bekannt wurde sie nicht nur als Herausgeberin des Buches ›Katia Mann. Meine ungeschriebenen Memoiren‹, sondern vor allem durch ihren ersten Roman ›Mitteilung an den Adel‹. Elisabeth Plessen lebt als freie Schriftstellerin in Wien und Lucca/Italien.
Im Fischer Taschenbuch Verlag sind außerdem erschienen: ›Stella Polare‹ (Bd. 5995), ›Kohlhaas‹ (Bd. 5065) und ›Mitteilung an den Adel‹ (Bd. 9585).

Elisabeth Plessen

Zu machen, daß ein gebraten Huhn aus der Schüssel laufe

Geschichten

Fischer Taschenbuch Verlag

Ungekürzte Ausgabe
Veröffentlicht im Fischer Taschenbuch Verlag GmbH,
Frankfurt am Main, Oktober 1991

Mit freundlicher Genehmigung der Autorin

Umschlaggestaltung: Buchholz / Hinsch / Hensinger
Umschlagabbildung: Francis Picabia, ›Le poulailler‹

Druck und Bindung: Clausen & Bosse, Leck
Printed in Germany
ISBN 3-596-10707-5

Inhalt

«... und wenn ich will, daß Du mich liebst, wie soll ich das anders anfangen als mit meinem innersten Selbst – sonst hab ich gar nichts anders – und von Stund an ging ich mir nach wie einem Geist, den ich Dir ins Netz lokken wollt.»

(Bettina Brentano an die Günderode. Offenbach, 1802)

Hocus Pocus

«Das 79. Capitel. Zu machen, daß ein gebraten Huhn aus der Schüssel laufe.
Nimm Fenchelsaamen, und Mohnsaamen, giebs dem Huhn zu fressen . . .» Ich habe es listig und lustig versucht, aber eine gebratene Gans lief aus der Schüssel, dann eine Walnuß, danach ein Ei, am Ende ein Schiff. Mit dem Schiff fuhr ich nach Shanghai, dann nach Tasmanien. In Port Arthur hielt ich es nicht aus. Mir wurde zuviel von den Hunden erzählt, die die Sträflinge, Iren und Schotten, die hatten davonschwimmen wollen, auf ihrer Flucht in einem Felstunnel zerfleischten. Ich stand an der Stelle, sah die Männer, und ich sah die angeketteten Hunde, während die Gischt aufsprang und die Steine zum letzten Gewitter anrollten. Ich flog weiter nach L.A., las weiter im 79. Capitel: «von einem so viel als von dem andern, so bald das Huhn solches gefressen hat, wird es gleich schlafen, sich nicht regen, und thun, als wenn es todt wäre. Rupfe ihm alsdann die Federn aus, und schmiere es mit dem Gelben von einem Ey, laß es trocken werden bey dem Feuer, bis daß es ist, als wenn es gebraten wäre, darnach lege es in eine Schüssel, und wenn du ein wenig darein schneidest, so lauft es weg.» Herrgott, bin ich müde, ich fang's nicht ein. Es ist ein Huhn von 1768.

Reisegepäck

Natürlich ist es nicht gut, wenn man meint, man müßte, das Gepäck für die Reise betreffend, mit einem Möbelwagen verreisen. Jedesmal sage ich mir, diesmal nimmst du nur die kleine Reisetasche mit, Zahnbürste, drei Paar Strümpfe, und wenn ich dann ankomme, muß ich feststellen, daß ich in Wirklichkeit 69 Koffer mitgebracht habe, und eins meiner Ichs lacht sich über mich kaputt. Immer noch 69. Mit wie vielen Koffern muß ich als junges Mädchen verreist sein, als noch meine Mutter die Auswahl und Menge meines Gepäcks bestimmte, für jeden Tag zwei Kleider, einen Rock, ungern eine Hose und drei Paar Schuh. Und sie selber reiste mit einem städtischen Fuhrpark an Koffern. Und meine Großtante reiste mit Hutschachteln, schon als Kind. Da sie ein schlechtes Bindegewebe und Arthrose hatte, schwollen ihr nach kurzer Zeit die Füße an. So war sie genötigt, sich sehr häufig neue Schuhe zu kaufen, wollte sie sich nicht hinlegen und ausruhen und abwarten, bis die Schwellungen nachgelassen hätten. Bei ihrem Tod fanden sich mehr als siebzig Paar Schuhe in ihrem Schrank, Sandalen und weiche Laufschuhe zum Binden, nur wenige hatten einen kleinen klotzigen Absatz; kaum getragene oder nur wenig, ein-, zweimal getragene Schuhe.

Granatapfel

Der Käse flog aus dem Fenster. Der Granatapfel. Und dem Granatapfel, der purpurn, wie ich es nie gesehen hatte, und groß wie ein Kindskopf war, flogen fünf Apfelsinen nach. Linda, schrie David, du könntest damit unten jemanden töten. Wie kannst du das tun. Die Balkontür geriet aus den Angeln und schwang.
Stoppt sie doch einer, sie zerstört hier alles, rief David. Die Tür stürzte in die Tiefe, und brausender ohrenbetäubender Lärm stürzte herauf. Unten fuhren die Autos sechsreihig, auf dem San Diego Freeway, auf dem Sunset Boulevard, in beiden Richtungen. Linda lief auf und ab, Löwin in dem engen verrauchten Käfig, in dem David, mit dem sie seit einem Dutzend Jahren zusammenlebte, seine, ausdrücklich seine, Party gab. Sie wolle ihre Freiheit, schrie sie. Sie haue ab. Davids schmutzige Lügen, sein täglicher kleiner Verrat.
Aber ich liebe dich doch, sagte David.
Aber sie, schrie Linda, liebe nur ihn, und er trete sie mit Füßen, er, er, er, immer nur er, niemals sie beide: seine Party, seine Freunde, seine Apfelsinen, sein Bier, sein Granatapfel, seine Frauen. Jede Frau solle ihn lieben.
Linda, sagte jetzt Helen.
Und Linda schrie, sie solle gehen, raus Helen, ihr aus den Augen. Wie zwei Marktfrauen stritten sie, bis Helen die Tränen liefen, und David, der ihnen zitternd zusah, weinte und sich abwandte. Barbara sagte, Linda solle sich besinnen. Barbara sagte, sie habe David gern, aber sie liebe ihn nicht. Und Helen dachte es und Judith

dachte es und Ruth dachte es und dizzy Lizzy dachte es und ich dachte es, und Linda sagte, wie könne Barbara sie so beleidigen, wie könne sie David so beleidigen, und ich dachte an den Granatapfel, der jetzt unten auf dem Parkplatz lag. Liebe zerschmettern. Ich hatte nie eine Frucht vorsichtiger und langsamer gegessen als einen Granatapfel. Ich hatte niemals eine Frucht so zelebriert wie diesen Apfel. Mir war nie in den Sinn gekommen, einen solchen Apfel aus dem Fenster zu werfen, auch in der hellsten, mörderischsten Wut nicht, und ich hatte auch nicht vor, jemals davon abzugehen. Aber da lag er jetzt, zerschmettert auf dem Parkplatz des Hotels. Lindas Apfel. Lindas und Davids Apfel. Und beide dachten nicht daran. Sie warfen weiter mit Wörtern um sich. Helen verließ das Zimmer mit ihrem Freund, und Barbara ging und Ruth ging und dizzy Lizzy, Judith, John und Oscar und George. David bat mich mit einem hilfeflehenden Blick, noch zu bleiben, und Stefan räumte die Bierdosen und Weinflaschen und Plastikbecher beiseite und wischte den Tisch mit einem Handtuch ab. Linda, sagte er, Linda, beschwörend aus freundlichen, traurigen, sanftmütigen Augen. Jede Frau, rief sie wieder, aber sie sei ein Dreck. Stefan kenne David doch. Kaum daß sie weg sei, renne er schon wieder hinter ihr her, bittend, daß sie nicht gehen möge. Und sie, seine hochbusige Mami, seine Amme, sage da wieder nicht nein, strecke die Waffen, strecke die Hand hin – Friede auf Zeit. Aber sie wolle ihr Leben leben, allein sein, für sich, ihre Bilder malen und nicht des Herrn Direktor Davids Schatten sein. Sie sei ihr eigenes kleines Licht. Stefan,

bitte, sagte sie, sag David, er soll gehen. Wenigstens für diese Nacht will ich ein Zimmer für mich allein.
Du bist nur betrunken, sagte David.
Du auch, aber du auch, sagte Linda.
Dann hielt ich sie weinend im Arm. Es geht gar nicht um euch, sagte sie, ich bin nicht eifersüchtig, irgendein böser Geist gibt mir diese Wörter in den Mund.
Später stand ich auf dem Balkon meines Zimmers und sah auf das Geschlinge der Freeways. Höllisch stieg das Gedröhn zu mir auf. Das Hotel stand wie ein Gefängnisturm mitten darin.
Am nächsten Morgen entschuldigte sich Linda bei allen, und alle entschuldigten sich bei ihr. Jeder hatte im Streit zuviel gesagt oder gedacht. Jeder spürte so etwas wie Schuld, weil jeder Linda gern hatte; sie war eine großartige Frau. Ihre Ausbrüche änderten nichts an ihrer Liebe zu David, sie änderten auch nichts an Davids Art. Alle wußten es. Es herrschte hinterher wieder Friede auf Zeit. Erst Annäherung an den Frieden, dann seine Ruhe, bis wiederum die Grenze der Ruhe erreicht war, und für jede Weiterbewegung fanden sie Mittel. Jetzt mieteten sie sich, da es kein Segelboot gab, einen Wagen und fuhren den Tag über in die Wüste. Sie wollten für sich sein.
Liebesgeschichten. Wie ich zum ersten Mal einen Granatapfel aß: ihn aufbrach und in seine Kernfächer schaute und anfing, seine roten Beeren zu essen, langsam, abwesend in Gedanken, und mich nicht traute, ihre Ordnung, ihre Anordnung zu zerstören, eine Beere nach der anderen mit den Fingern herauslöste und dann das Fruchtfleisch mit den Zähnen und der Zunge vom

Kern abteilte und die Süße schmeckte, die sich in Fadheit und Leere verlor, und ich gab acht, daß ich nicht auf die bitteren weißen Häutchen biß, die die roten Beeren umgaben. Ich liebte den Mann, der mir den Apfel geschenkt hatte und mit dem ich ihn aß, südlich Roms unter einem Baum – irgendwo – in trockenem Gras. Liebesgeschichten: Evas Apfel, Paris' Apfel. Plutos List über Persephone. Es war ein alter Apfel, den ich da aß, ein sehr alter Apfel, mir fiel kein älterer ein. Jetzt lag er auf dem Parkplatz, kaputt, aufgegangen, zerspritzt, aber er hatte niemanden getroffen oder getötet, Lindas Apfel, der letzte bislang in der Reihe, die das Teuerste und Absurdeste symbolisieren: Liebe.

Der tote Apfelbaum

Das war die letzte Tagebucheintragung: Robert tötet jeden Tag eine Ratte. Er fängt sie in einer Falle am Bach, und er ertränkt sie dann im Bach. Einmal habe ich zugesehen.

Und die davor: Ich warte auf Hans, aber ich verschließe mich deshalb nicht, ich schließe mich auch nicht ein. Wenn er nicht kommt, was sehr wohl möglich ist, dann ist er eben nicht gekommen. Ich könnte deshalb wieder sehr ängstlich werden, aber dann ist er eben nicht gekommen.

Noch habe ich Kraft. Ich hatte zehn Tage Urlaub auf einer Insel gemacht und nichts anderes getan, als im

Freien zu sein, auch wenn es sehr windig gewesen und die Sonne nur wenig herausgekommen war. Dafür war das Wasser warm gewesen, und ich hatte soviel und solange darin gelegen, daß ich mir wie ein Amphibium vorgekommen war. Als die Hälfte der Zeit um war, hatte ich angefangen, mich auf Hans zu freuen, jetzt war ich bei Robert und meiner Schwester, und ich hatte noch zwei Wochen Urlaub.

Am Nachmittag kam John Emmet Basils. Bei seiner Ankunft lag ich im Liegestuhl vorm Haus. Ich stand nicht auf, um ihn zu begrüßen. Ich setzte mir meine Sonnenbrille auf. Wortlos stand John Emmet Basils vor dem Haus. An einer Wassermühle abgesetzt. Er war aus Boston gekommen. Er sah auf mich herunter und atmete durch. Eine dieser hochmütigen Europäerinnen, die jedem Amerikaner, dem sie begegnen, die Fehler seines Landes vorhalten, eine dieser hochmütigen Besserwisserinnen, dieser Wanderpredigerinnen der Moral, aber selber, zu Hause, flätzen sie sich wie diese hier. Anmaßend. Er blickte auf meine roten Stoffschuhe neben dem Liegestuhl. An den Fersen waren sie heruntergetreten. Schlampig, fand er, und die Sonnenbrille arrogant. Mein Gott, dachte er, wo bin ich, und atmete wieder durch. Dann sagte er: John Emmet Basils. Und ich dachte: Das also ist der amerikanische Dichter. Nach Roberts Beschreibungen hatte ich ihn mir anders vorgestellt. Er sah sehr bäurisch aus, schwer, untersetzt, stämmig. Sprachlos stand er da, mit seiner dicken Brille. Er mußte stark kurzsichtig sein. Er ist tapsig, dachte ich, ungeschickt und tapsig. Ob ich mich um ihn kümmern muß, ihm die ersten Schritte hier erleichtern. Ich hatte ihm wenig voraus, nur die zwei Tage, die ich vor ihm angekommen war. Ob ich bei meiner Ankunft auch so ausgesehen hatte wie er – enttäuscht oder wie abgesetzt? Das viele, enge Grün nach der Kahlheit und dem weiten Himmel der Insel. Soviel Blau hatte es vorher gegeben, auch das Meer war ja blau gewesen. Das viele Grün machte die Bewegungen eng. Es engte den Blick ein. Es führte auch kein Weg wieder heraus. Die Mühle lag am Ende der Straße, jenseits des Baches begann Sumpf, und Erlen und mannshohe Brennesseln standen in dem Sumpf. Mich erinnerte die Mühle an Kindheit, aber eine Kindheit, die so weit zurücklag, die ich so tief in mir vergraben hatte, als hätte ich sie niemals erlebt. Etwas Geborgtes war daran.

In der ersten Nacht, die wir zusammensaßen, erzählte mir John Emmet Basils, daß er zum ersten Mal allein reise, das hieß: getrennt von seiner Frau. Sie war in Boston geblieben, mit ihrem kleinen Kind. Sie war Fotografin und um die Hälfte jünger als er. Sie war seine zweite Frau. Der Sohn hieß wie er: John Emmet Basils. Beide würden ein paar Wochen später zu ihm nach Baden-Baden kommen. Er zeigte mir die Bücher, die er veröffentlicht hatte. In Baden-Baden sollte er zwei Hörspiele schreiben und sie auch selber produzieren.

Robert führte John Emmet Basils durch die als Wohnhaus eingerichtete Mühle. Er zeigte ihm den umgebauten Schweinestall, den er «die Kapelle» nannte wegen der hohen Giebel über den Schmalseiten und dem Fenster, das eine Rosette war. Er führte John über den Vor-

platz in sein Atelier hinüber. John konnte sich aussuchen, wo er wohnen wollte. Er entschied sich für die Kapelle. Ich dachte, Robert macht es mit John wie mit mir vor zwei Tagen. Ich hörte Roberts Stimme über den kleinen Vorplatz und durch die offenen Fenster. Er hatte eine tiefe, weit tragende Stimme. Er erklärte John, was er, zum Teil mit Hilfe meiner Schwester, umgebaut hatte. Sein Lachen war zu hören. Er erinnerte John an frühere gemeinsam verbrachte Zeiten. John ließ sich alles zeigen und äußerte sich kaum dazu. Dann kamen sie wieder vors Haus, und Robert nahm Johns Koffer und trug ihn über den schmalen Steg, der über den Mühlbach ging, in die Kapelle. Sie lag abseits von den anderen Gebäuden. John wollte abseits wohnen, das paßte zu ihm. Kurze Zeit später erschien er wieder, jetzt in Sandalen und Shorts, und er folgte Robert, der ihm nun die Grenzen des Grundstücks zeigte. Ich dachte: er macht es mit John wie mit mir vor zwei Tagen.
Ich hatte mich für ein Zimmer im ersten Stock der Mühle entschieden. Es lag an der Wasserseite. Das Mühlrad drehte sich unentwegt. Zuerst hatte ich bezweifelt, daß ich bei dem Geräusch schlafen werde. Aber ich schlief. Der Mond schien auf das Wasser. Er war voll. Er erinnerte mich. Das ganze Zimmer mit dem alten Schrank, dem hohen Bett und den schleifenden, viel zu langen Vorhängen darin erinnerte mich. Ich konnte nicht sagen, an was. Ein Gefühl. Aber was verband es mit Hans? Das Zimmer hatte, vielleicht auch weil es so dunkel war, etwas Turmartiges. Robert hatte mir einen «Pferdeburschen» ins Zimmer gesetzt. Einen

Schlafburschen? sagte ich. Es war eine Stoffpuppe in Menschengröße. Robert hatte mich gefragt, ob ich sie haben wollte bis Hans käme, und ich hatte ja gesagt. Scheeläugig, schiefmäulig, amüsiert, die Puppe wie eine Beute über der Schulter, war er die Treppe heraufgekommen und hatte den «Pferdeburschen» gebracht. In Roberts Augen war er ein junger Mann, ein Mönch, ein Jüngling, und er berief sich dabei auf die Puppenmacherin, denn sie hatte sie ihm als Mann geschenkt, und der Mann trug einen schwarzen Umhang und ein schwarzes Käppi auf dem sonst beige kahlen und vernähten Schädel. Er hatte kein Gesicht. In meinen Augen war er eine Frau, ich sagte Großmutter zu ihm. Bis Hans käme, wollte ich sie im Zimmer haben. Sie saß auf einem Stuhl am Fenster und sah auf die Wiese und die Brücke hinaus, die über den Mühlbach führte. Morgens beim Aufwachen erschrak ich über die fremde Person im Zimmer, genauer: die Mitperson. Ich mußte mir ins Gedächtnis zurückrufen, wo ich war. Und ich wußte, Robert hatte es mir gesagt, daß die Puppe noch vierzig Brüder oder Schwestern hatte (oder wie man diese geschlechtslosen Wesen bezeichnen sollte), sie standen eng gepfercht in einem Eisenbahnwaggon, und der Eisenbahnwaggon schwebte als Auswuchs eines riesigen Kopfes aus Eisen hoch in der Luft in einem Wald, halb über den Kronen der Bäume. Diese Puppen waren ein Symbol, wie der ganze Kopf, den man begehen konnte, ein Symbol war. Sie waren Puppen auf dem Transport ins KZ – nach Auschwitz oder Treblinka.
Etwas Geborgtes ist an meinem Gefühl für diese Mühle,

schrieb ich in mein Tagebuch. Oder erinnert sie mich bloß an Musik, an Geklapper. Es klappert die Mühle am rauschenden Bach. Schumanns Geklapper. Diese einfache Melodie, die ihn verfolgt hatte, so daß er sie wieder und wieder hatte abwandeln müssen, aber er war sie auch so nicht losgeworden, vielleicht, weil sie so einfach war. Die Klapsmühle dieser Melodie, in der auch der Bach klappern konnte und die Mühle rauschen, klippklapp. Ich hatte angefangen, Clara Schumanns Tagebücher und Briefe zu lesen. Ich hatte sie bei Robert im Regal gefunden. Ich war darin auf Endenich gestoßen. Wieder. In Gedanken sofort bei Hans. Die Nervenanstalt. Bonn. Bonnnn. Bonnnne. Gebrüllt hatte ich dann wie ein Tier. Hans war fast unhörbar gewesen.

Hans würde die alte Frau im Zimmer nicht dulden. Er mochte keine «Sentimentalitäten». Er fand sie blöd oder daß sie wie Eifersucht blöde machten: kindisch, anstrengend, lästig, unnatürlich. Raus mit dem Ballast, würde er sagen. Sei nicht zickig.

Mein Vater hatte mir einmal eine Mühle schenken wollen.

Ich überlegte, wo in meinem Leben ich überall Mühlen gesehen hatte, aber die Erinnerungen waren auch Mühlen, die mich durchdrehten. Ich wollte mich ihnen lieber entziehen, weil ich merkte, wie wenig es in dem grünen Winkel gab, das mich ablenken, mich wieder von meinen Gedanken an Hans und dem Warten auf ihn wegziehen und mich neugierig machen würde. Ich wollte nicht angerufen werden. Ich wollte nicht sagen, wie es mir ging, nicht am Telefon jedenfalls. Ich hatte, bevor ich in

Urlaub fuhr, zwei Wochen lang im Krankenhaus gelegen. Ich war an beiden Füßen operiert worden, und die Operation hatte zweieinhalb Stunden gedauert. Wie lange ich brauchte, um die Zeit der Bewußtlosigkeit wieder einzuholen. Ich war mir vorgekommen, als hätte ich mich am anderen Ufer stehengelassen, und häufig stand ich dort wieder. Dann fühlte ich mich bleiern und taub, wie noch nicht aufgetaucht.

Wenn ich aus dem Fenster guckte, sah ich die Straße, und ich sah gerade noch das Dach von Johns Kapelle. Er hatte nicht in Roberts Atelier wohnen wollen. Er fühlte sich dort von zu viel fremder Phantasie eingeengt. Er mochte das Gefühl nicht, in Roberts Kopf zu wohnen. Robert war zwar Architekt, er sammelte in dem Atelier aber auch merkwürdiges Zeug. Da gab es eine große Kollektion von Schlachtermessern, Vogelskelette lagen auf den Regalen, und es gab Kästen mit Knöpfen, vielen Arten von Nadeln und Nägeln und Münzen, indianische Waffen, die von Pfeilen bis zur Keule reichten, haufenweise alte einzelne Schuhe, eine Sammlung Spazierstöcke, Moos. Ein Kuriositätenkabinett, eine Requisitenkammer, wie man sie früher auf Schlössern hatte, und dazwischen zwei Zeichentische, Modelle, Fotos von Hausmodellen, Stifte, Lineale, Zirkel, Kleber, Tinten. Die Innereien eines Kopfes. John hatte sich ihnen nicht aussetzen wollen. Er hatte vor zu arbeiten, aber es haperte mit der Konzentration. Der ländliche Anzug – die Sandalen, Shorts, ein kurzärmeliges Leinenhemd darüber – blieb Camouflage. Er näherte ihn seiner neuen Umwelt nicht so an, als daß er ruhig und mit sich in Einklang gewesen wäre und jenen durchlässigen Zustand gefunden hätte, den er, wenn es gut gehen sollte, zum Arbeiten brauchte. Hätte Hans auch so reagiert, am Ende einer grünen Sackgasse, am Ende eines grünen Sacks, wie am Ende der Welt und doch nicht einsam genug? Ich glaubte es nicht.

John machte jeden Tag eine Erkundungstour an der Grenze von Roberts Grundstück entlang. Am dritten Tag entdeckte er den toten Apfelbaum. Er stand in der Nähe eines Schuppens, mannshohe Brennesseln und Himbeersträucher wuchsen im Halbkreis um ihn herum. Auf der Wiese davor war ein wenig gemäht. Der Zaun, der das Grundstück begrenzte, lief quer durch die Brennesseln und Himbeeren.

John wollte den Baum fällen. Als er es mir sagte, rief ich: Bitte, nicht, nein. Lassen Sie ihn stehen, mir zuliebe. Und er nahm mich beim Wort. Ich hatte ihm erzählt, was ich bei Fahrten und Spaziergängen in der Nachbarschaft schnell herausgefunden hatte: wie viele tote Bäume in den Feldern standen, meist einzeln, manchmal auch zu zweit, und daß ich tote Bäume mochte. So ging John nun um den toten Apfelbaum herum, stand, die Hände auf dem Rücken, vor ihm, musterte seine kahlen, mit Flechten überzogenen Äste, kalkulierte, wohin der Stamm fallen würde, falls er ihn – gegen mein Verdikt – fällte, und fällte ihn nicht.

Ich schrieb in mein Tagebuch: Die Fahrt nach Bonn. Der Scheibenwischer scharrt und quietscht an der Scheibe, als täte er es in meinem Kopf. Ich bitte Robert, ihn so wenig wie möglich in Bewegung zu setzen. Im

Dunkeln und im Regen das gelbe Straßenschild: Endenich 10 km. Es weist nach rechts, hinauf. «Endenich, eine halbe Stunde vor Bonn.» Notiz aus Clara Schumanns Tagebuch vom 26. Februar 1854. Die Gehörstörung, der eine Ton, immer wieder der eine Ton. Dann war er fortgestürmt, ohne Stiefel, ohne Rock, und hatte sich von einer Brücke in den Rhein geworfen. In Düsseldorf. «Liebe Clara», hatte er, bevor er davonlief, notiert, «ich werfe meinen Trauring in den Rhein, tue Du dasselbe, beide Ringe werden alsdann sich vereinigen.» Erst kurz vor seinem Tod hatte Clara Schumann ihn wiedergesehen, nach zwei Jahren.

Wir fahren im Dunklen die Straße rechter Hand weiter hinauf, fahren weiter nach Bonn, und ich bin gleichzeitig in einer ganz anderen Klinik. Eine junge Frau fragt mich im Aufenthaltsraum, weshalb ich eingeliefert worden sei. Ich sage, ich bin nicht eingeliefert worden, ich besuche einen Freund. Sie guckt mich ungläubig an. Aber hier kommt doch niemand her, antwortet sie, vor dem Zaun der Klinik hört die Welt auf. Mein Freund kommt nicht, und von der Familie kommt auch niemand. Dann sagt sie nichts mehr. Sie strickt weiter an ihrem Pullover. Ich sage auch nichts mehr. «Wir spielten Roberts dritte Sonate in a-Moll», schrieb Clara Schumann in ihr Tagebuch. «Es ist das einzige, was mir Linderung verschaffen kann – *seine* Musik!» Wie mich das anrührte. Wie mich das erinnerte. Ich las wieder und wieder in Hans' Sachen, den ich in der Klinik besuchte. Was mir Linderung verschaffte – seine Sätze. Und ich saß in seinem Zimmer, seinem Zettelhaufen, seinem

ganz und gar zerstreuten, kaputten, unordentlichen Kopf. Nichts weiter, nichts weiter.
Ich erinnere mich an den jungen Mann, der aus der Gärtnerei der Anstalt kam, von den Kohlfeldern herauf, und auf dem Weg an mir vorbeistürmte, einen Mikrophonkopf in der Hand, und er brüllte ins Gerät, dessen Kabel eine Handbreit unter dem Griff abgeschnitten war. Er berichtete über ein Fußballspiel. Er: der Stürmer. Tor! hörte ich, dann wieder Unverständliches: Mißfallen, weil der Ball dem Spieler, den er im Auge hatte, vom Fuß gekommen war. Ich hatte das Gefühl, in einem großen Stadion zu sein, und Tausende Zuschauer brüllten stehend, Wimpel schwenkend, von den Rängen. Kalt war's im September. Wenigstens mich fror. Er sah aus wie Spitzweg oder Valentin. Er trug eine dunkelblaue Jacke, über dem Bauch offen, und die Schuhbänder hatte er sehr fest geschnürt. Er wippte, genauer: rollte auf den Sohlen. Das Linoleum am Boden des Korridors, auf dem er hin und her gehen durfte, war in große Quadrate geschnitten. Der Mann verharrte an der Trennlinie von einem Quadrat zum nächsten wippend, sich vorwärts stoßend auf dem Fleck, ohne jedoch vom Fleck zu kommen. Er stand angeleimt da, sah zu Boden – auf die Trennlinie vor seinen Fußen, schob beide Füße dann so nah an sie heran, bis sie sie fast berührten, und wich hüpfend.
Und Hans damals. Meine Erinnerung hakte sich fest. Das große Zimmer mit den sechzehn Betten, in dem er allein gelegen hatte, vollgestopft mit Lithium, dennoch von einer Ungezähmtheit – die Augen, der Kopf. Ich

beugte mich über ihn, umarmte ihn, und er hatte mich erkannt. Endlich, gut, daß du kommst. Aber schnell verwirrte sich sein Blick wieder, ging weg in Schwärze, in irgendeine Nacht, und was er sagte, verstand ich nicht. Es war verworren, rauschhaft, sehr leise und so schnell, wie ich ihn niemals hatte sprechen hören. Er redete so rauschhaft wie der Bach im Lied. Sprechdurchfall, Logorrhöe nannten es die Ärzte. Gebrüllt hatte ich, auch daß er aufs schnellste aus ihren Fingern und der Klapsmühle herauskäme.
Und diesmal wartete ich wieder, diesmal wußte ich nicht, wo er steckte, in keiner Klinik jedenfalls, ich wußte nur, daß er unterwegs war zu mir und zu Robert und meiner Schwester.
Obwohl Juni war, war das Wetter sehr windig. Die Sonne schien nur heiß und brennend um die Mittagszeit. Am Nachmittag bezog sich der Himmel. Gewöhnlich regnete es dann. Im Haus war es kalt. Am späten Nachmittag machten wir Feuer im Kamin.
Es gab noch Brennholz im Schuppen. Dicke Balken und Äste, ein paar Bretter, Latten und Anmachholz. Das Holz reichte nicht mehr lange. John streifte mich mit einem Blick und sagte zu Robert: der tote Apfelbaum. Ich könnte ihn fällen.
Wenn du willst, sagte Robert, es ist Schwerarbeit. Der Baum ist dick.
Ich habe ihn mir angeguckt, sagte John. Ich weiß, von welcher Seite ich die Säge ansetzen muß, damit der Baum nicht den Schuppen beschädigt oder auf die anderen lebenden Bäume fällt.

Am nächsten Tag sah ich John erst gegen Abend. Ich fragte ihn, wie es dem Baum gehe. Er sagte, er habe ihn nicht angerührt. Er habe sich die Säge angesehen, sie eigne sich nicht sehr, sie sei zu kurz und ihr Blatt viel zu schmal für den dicken Stamm. Die Axt, die er im Schuppen gefunden habe, sei stumpf.
Ich atmete auf. Später, als wir am Feuer saßen, sagte meine Schwester zu John: Das mit den toten Bäumen ist nur eine Laune von Edith. Sie hätte gradesogut behaupten können, daß sie Sie nicht leiden kann. Man kann sich in Dinge hineinsteigern. Sie kann es.
Nein, sagte John, ich glaube das nicht.
Zwei Tage vergingen. Hans kam nicht. Er ließ auch nicht von sich hören. Ich hatte Angst.
Nachmittags ging ich zu dem Baum. Ich sah, daß John die Säge angesetzt hatte. Er war nicht tief in den Stamm eingedrungen. Er hatte die Säge in Hüfthöhe angesetzt. Als ich ihn traf, sagte ich ihm nichts von meiner Entdekkung.
Beim Frühstück fragte ich ihn: Warum machen Sie nicht weiter? Ich kann es nicht, sagte er, nicht daß mir die Kraft fehlt. Ich bin ein ganz guter Holzfäller. Mir fehlt Ihr «Ja».
Ich sagte, wenn Sie es so herausfordern, gebe ich es Ihnen nicht.
Der Baum war umstellt, oder ich fühlte mich umstellt. Das Tote, Abgestorbene an ihm. Und falls ich John nun den Gefallen tat und «ja» sagte? Dann war Liebe auch sinnlos? Der Schluß daraus war wieder einfach: Dann konnte ich also zerstören, sogar mit Lust zerstören. Ich

sagte zu John, Sie haben mein Ja, ich geb's Ihnen.
Es reichte ihm nicht. Ich ging mit ihm zu dem Baum. Er zeigte mir, wie weit er gekommen war, wie er das Sägeblatt angesetzt hatte, welche Schwierigkeiten er mit dem Blatt hatte. Ich sah kurz zu, dann faßte ich die Säge an der anderen Bogenseite an und sägte mit John. Als mein Arm müde wurde, hörte ich auf. Er sägte weiter, ohne mich anzusehen, als ich mich wortlos umdrehte und wegging. Abtötungen.

Meine Schwester kam und sagte, Hans habe angerufen, er komme nicht. Wir würden uns später treffen. Willst du jetzt weg? fragte sie, sollen wir dich an den Zug bringen?

Ich sagte nein, und daß ich noch bleiben wollte, falls es ihnen recht war.

Ich warte nicht mehr, schrieb ich ins Buch, ich säge jetzt.

Gleichmut. Gleich gut. Gleichgültigkeit. Ich konnte mir plötzlich Menschen tot vorstellen, die ich sehr mochte. Ich konnte darüber reden ohne ein Scham- oder Reuegefühl. Ich erzählte meiner Schwester davon und meinte nicht, daß ich ihr etwas entdeckte, was ich niemandem je hätte entdecken wollen. Stirb solange ab, bis du auf der anderen Seite des Todes wieder herauskommst. Friedhofsgefühle. Tote Zellen, nur in Schlaf gefallene Zellen, schläfrige Zellen, ohnmächtige Zellen, vor sich hindämmernde Zellen – Anästhesie.

Ich lag im Liegestuhl und dachte, aber John ist ein ernsthafter Mensch. Er wird den Baum mit der Kindersäge fällen. Er ist konsequent, er geht bis hinter den

Punkt. Es dauert zwar lange, weil er weich ist oder es mit einer Frau wie mir nicht verderben will, aber dann geht er bis hinter den Punkt. Der Baum fällt, weil John es sich in den Kopf gesetzt hat. Jetzt besteht sein Kopf aus einem Baum, einem toten, angesägten, sich noch aufrecht haltenden, dann stürzenden, schon umgestürzten, in Stücke gesägten und zerhackten Baum.
Und als er so weit war, half ich ihm, ein paar Äste mit ins Haus tragen, gemeinsam warfen wir sie ins Feuer und sahen zu, wie sie zu brennen anfingen. Zwischen uns fiel kein Wort mehr über den Baum.
Ich fing einen Brief an Hans an und warf ihn in den Papierkorb. Ich lehnte mich weit aus dem Fenster. Es ging mir besser, schrieb wieder in mein Tagebuch. Ich werde so werden wie du, meine Liebe, sagte ich zu der alten Frau auf dem Stuhl, guck nur schön auf die Wiese und erschrick nicht, wenn auf der Brücke Fischer stehen, die Forellen angeln. Denn sie stehen genauso unbeweglich wie du hier sitzt. Fischer, das sind Männer in blauen Jacken. Sie tragen Gummistiefel Sie gucken dich an. Was noch? Es ging mir immer besser.
Bis zu meiner Abreise verfeuerte ich jeden Tag Stücke von dem Baum.

Die Brücke bewegte sich, als sie wieder ins Wasser sah

Die Brücke bewegte sich, als sie wieder ins Wasser sah, und als der Regen aufgehört hatte, ging sie neben ihm. Wem. Er trug eine Brille, und seine Haare waren viel länger. Er hatte niemals eine Brille getragen. Neben wem ging sie. Peter. Andres. Dann kam die Frau mit dem Pudel. Die Frau führte den Pudel an der Leine, und der Pudel bäumte sich gegen die Leine auf, weil er auf der gegenüberliegenden Straßenseite einen Hund frei rennen sah. Es war ein grauer Pudel mit schwarzen Telleraugen. So ein schwarzer entschlossener, unbändiger Blick.

Ich dachte, wenn die Augen des Pudels die Augen der Frau sein könnten, würde die alte Weißhaarige mit ihrem verlöschten Blick auch wieder leben. Eine alte Frau mit einem jugendlichen Pudelgesicht. Danach erzählte ich ihm die Geschichte mit den Kellnern. Wir waren mit dem Auto ins Nachbarland gefahren; durch die Dörfer, kleine Städte, Landstädte, gekommen. Das Land ersoff unter einem Lindenduft, und überall, wo wir in ein Café, einen Krug, in ein Restaurant hatten gehen wollen, waren die Lokale geschlossen. Überall sah ich sofort eingeschlagene Fensterscheiben und Vor- und Wintergärten, obwohl Sommer war. Jetzt. Nein, damals. Die Kellner fehlten. Die Kellner waren in die zweitgrößte Stadt des Landes abgezogen, in der Messe war, und sie bedienten dort. Ich sah keine Häuser mehr, ich sah nur noch Trottoirs, und an den Bordsteinen stand

ein Kellner neben dem anderen, weißes Jackett neben weißem Jackett, und alle trugen eine Serviette unter dem Arm, und sie klimperten mit dem Wechselgeld in den Taschen.
Sollen wir hinfahren, fragte sie den Mann, der neben ihr ging. Andres. Er war es nicht. Peter. Er war der ohne Brille. Ihr fiel sein Name nicht ein. Sie ging neben Andres. Nein, sagte sie, sie würden nicht da sein. Alle Kellner des Landes würden nicht da sein. Die Taxifahrer aber doch, sagte er, alle Taxifahrer sind aber doch da, alle Taxifahrer des Landes.
Quatsch, sagte ich.
Quatsch, sagte er.
Ich, sagte er, bin im heftigsten dabei zu erraten, welche Perversion ich mir zubilligen kann.
Wieso, sagte ich. Weshalb sagst du das jetzt.
Sei nicht so geistesabwesend, sagte er.
Wieso, sagte ich wieder, wieso. Lieb ich dich.

Auberginismus oder: Mögen Sie Huhn?

Wir hatten die Auberginen auf dem Markt gekauft. Es waren elf glänzende, große Früchte, und ich hatte sie ausgesucht. Jetzt nahm ich sie aus dem Korb und sah sie an. Jurij hatte das Kaminfeuer angemacht.
Brauchen wir alle, fragte ich.
Natürlich, antwortete er, was denkst du.

Ich betrachtete die dunkelste Aubergine. Fast schwarz lag sie in meiner Hand, und ich beugte mich herunter, um zu sehen, ob sich auf der glänzenden Schwärze etwas spiegelte, mein Gesicht vielleicht, oder das Fenster. Aber die Haut warf nichts zurück, sie war nur straff, und dort, wo die Frucht in dem kleinen Blätterkranz saß, war sie weiß. Merkwürdig, dachte ich, bei den anderen Früchten war es nicht so, da war es genau umgekehrt. Gegen ihre Spitzen hin wurden sie heller, erst lila und dann weiß, aber auch nicht alle wirklich weiß, und am Ende hatten sie einen Punkt.

Als das Kaminfeuer heruntergebrannt war, warfen wir die Auberginen ins Feuer. Jurij sagte, sie schmeckten viel besser, wenn sie im Feuer gelegen hätten, statt in kochendem Wasser. Ich sah zu, wie Jurij die dunklen Früchte in der Glut drehte, und als ich gesehen hatte, wie er es machte, nahm ich auch ein langes Holzscheit und stocherte Glutstückchen heran, wühlte den Früchten halbe Aschebetten und drehte sie, bis ihre Haut schwarz geworden war und angebrannt roch. Gemeinsam holten wir sie aus dem Feuer, als Jurij sagte, so jetzt, jetzt ist es höchste Zeit, daß sie herauskommen, und schoben sie mit den Holzscheiten auf die Steine vorm Kaminloch. An manchen Stellen war die Haut verdickt und geplatzt. Jurij sah sie nacheinander an und drehte sie. Er war zufrieden, leicht schwitzend fuhr er sich durch die Haare. Dann reckte er sich, betrachtete wieder die Früchte und sagte: so sind sie genau richtig. Sie könnten in einem rumänischen Kaminfeuer nicht besser geworden sein.

Auberginenmus auf rumänische Art sollte draus werden, und das Mus war zu Ehren eines rumänischen Schriftstellers gedacht, der ein Jugendfreund von Jurij war und am nächsten Tag zu Gast kommen sollte. Die beiden hatten sich vor fünfundzwanzig Jahren zuletzt gesehen.
Ein Rumäne muß einen anderen Rumänen rumänisch empfangen, sagte Jurij, auch in New York, auch in Paris, auch in dem kleinsten Dorf. Ich nickte. Ich verstand nichts davon. Ich half nur das Gericht bereiten. Jurij kochte, und da er leidenschaftlich gern kocht und es ihm Spaß macht, immer wieder auch Neues auszuprobieren – Kochen beschäftigt ihn nicht nur, es beruhigt ihn auch –, hatte ich ihn gewähren lassen in den sechs Jahren, die wir nun zusammenlebten. Ich bin keine Köchin, auch nicht mit Kochbuch. Ab und zu helfe ich, oder ich schaue zu.
Als die Auberginen ein wenig abgekühlt waren, nahmen wir sie auf und trugen sie in den anderen Teil des großen Raumes hinüber, in dem die Kochecke war, und legten sie in den Spülstein und ließen kaltes Wasser darüberlaufen. Jurij erklärte wieder, was ich jetzt machen sollte. Unter dem laufenden Wasser zog ich den Früchten die angeschmorte dunkle Haut ab. Die Auberginen lagen groß und weich und schlaff in meiner Hand, warm jetzt, nicht kühl wie vorher. Und sie wurden grüner. Je mehr von der Haut herunterkam – guck, sagte ich, guck doch mal, Jurij –, bis sie schließlich nur noch grün waren. Was für eine Verwandlung. Jurij lachte. Er sagte: du weißt genau, was du machst. Ich wußte ja, es macht dir

Spaß. Kannibalin. Alle Feministinnen der Welt müßten an dir jetzt ihre Freude haben. Alle müßten dich jetzt beneiden.
Ich sah ihn an, sah in seine blitzenden, frech aufgerissenen Augen. Du bist ein Spaßverderber, sagte ich, du bist ein Voyeur. Ich habe dich ertappt.
Ich dich. Tu nicht so unschuldig.
Jetzt lachten wir beide.
Wenn du die Haut fein und säuberlich abgezogen hast, sagte er dann, legst du die Auberginen auf ein Holzbrett und schneidest sie ganz klein, so klein und fein, wie du nur kannst. Soll ich's dir vormachen?
Nein, sagte ich, das brauchst du nicht.
Ich nahm ein Holzbrett und holte die Auberginen nach und nach aus dem Spülstein. Sie waren zu groß für meine Hände. Jurij hat lange, schmale Finger. In seiner Hand, fand ich, hätten die Auberginen richtiger gelegen, vielleicht hing es auch nur damit zusammen, wie er die Früchte in die Hand genommen hatte, wenn ich ihm zugesehen hatte, und wie er sie hielt und abpulte. Ich fand, daß er viel empfindsamer oder geschickter mit ihnen umgehe, viel zärtlicher eben als ich jetzt, gleichzeitig aber auch so, als spiele er mit ihnen Doktor, so wie man früher als Kind einander untersucht und aneinander herumgesucht hatte.
Ich nahm das große lange Messer, legte die linke Handfläche auf den Messerrücken und fing an, die erste Aubergine auf dem Holzbrett zu zerteilen, bis sie ganz klein und zu Mus geworden war. Ich schob das Mus beiseite und nahm mir die nächste Aubergine vor. Ich

machte es sehr sorgsam, und etwas dabei tat mir leid. Ich sah, was ich machte, und irgendein Schuldgefühl regte sich. Ich zerschnitt. Dann zerschnitt ich ein paar Zwiebeln, atomisierte sie fast, und ein paar Schalotten und eine Zehe Knoblauch und vermengte sie mit den Auberginen. Ich tat es mit dem Messer, Lage über Lage, bis sich alles miteinander verbunden hatte. Kochen ist eine wilde, archaische Angelegenheit, dachte ich, da schlachtet einer den anderen. Aber jetzt dachte ich nicht mehr an Säcke, die schlaff und grün waren und weich in der Hand wie vorhin. Sie waren verschwunden, zerstückelt, untergerührt. Jetzt dachte ich daran, daß der rumänische Schriftsteller einen Freudentanz aufführen sollte, wenn er morgen mittag dieses rumänische Gericht essen würde. Wehe, wenn dein Freund dieses Mus morgen nicht mag, drohte ich, als ich die Schüssel in den Eisschrank stellte.

Am nächsten Tag stellte sich heraus, daß er es sehr gern mochte. Er war zwar ein alter Rumäne, aber er kannte Auberginenmus nicht auf rumänisch.

Ich bin ein Barbar, sagte er.

Nein, sagte Jurij, die Barbarin war sie.

Claude, fragte der Schriftsteller, wieso Claude? Er sah mich an. Sein Gesicht war grau und ein wenig schlaff. Seine Augen waren hinter Brillengläsern versteckt, und bevor er noch etwas sagte, fragte ich: Mögen Sie Huhn? Wenn Sie wiederkommen, bekommen Sie Huhn.

An eine Katze oder: Schwestern im Unglück

Daß sie die Geduld mit mir noch nicht verloren hat. Sie klagt mich an: Verräterin, du kommst, du gehst – und ich? Ihr Blick. So überflüssig die Welt vor der Tür: Bäume, die vor Dreck nicht grün werden, Hungerstreiks, Hausbesetzungen, Kunst ist Tod, die Kopfsteinpflasterer auf dem Platz, auch jeder Lärm der Züge, per Lautsprecher Kommandos, die sie rangieren. Sie sieht mich an, will Ruhe, Ordnung: mich. Ich soll nicht gehen. Kennt meinen Schritt schon auf der Treppe und erwartet mich doch an der Tür. Häufig beschimpft sie mich, wie oft bin ich beschämt. Gleiches mit Gleichem. Das Recht auf Bewegungsfreiheit, ihr genommen, spricht sie mir ab, selbst in der Wohnung. So hängen wir denn aneinander: zärtlich verschlungen verbissen, sie eine Warenhauswaise, siebenundsiebzig nach München verschleppt, dann nach Berlin, Sklavin – wir sind ein altes Paar. Sie mag das Telefon nicht, auch nicht die Schreibmaschine. Papier wirbelt sie in die Luft, ficht mit ihm, aber es fällt und kommt wieder, jeden Tag neu mit der Post, und wieder ist in der Maschine ein neuer Bogen eingespannt. Sie setzt sich drauf. Es hilft nicht. Ich schiebe sie ab. Ich sage ihr, wenn du schon nicht das Täschchen schwenkst, einer von uns muß Geld verdienen. Das versteht sie nicht, sie ist so, ohne jede Bildung, weise. Sie will mich als Sänfte, ihr Reittier, einen Thron – auf nach Ägypten, nach Siam, verschleierten Blicks, fliegend im Liegen. Um diesen Platz kämpft sie jeden

Tag und andere an meinem Hals, in meinem Arm, genauso entschieden aber auch für ihre Küchenrechte: Herz, Kekse, frisches Gras und einen Eisschrank, der sich ihr, die immer schon halb drin steht, wenn die Tür sich öffnet, nicht vor der Nase schließt, ohne daß für sie etwas herausgenommen wäre. Sie maunzt, unwirsch, flehend, trotzig, stur, schickt sich ins Los, und wenn Besuche kommen, ist sie eifersüchtig die Hauptperson. Ich sage: Fräulein Geschwitz. Käme ich eines Tags, und sie wäre nicht da, hätte die Wohnung ihre Augen, ihr Geheimnis verloren und ich melancholisch meine stille, schwesterlichste Liebschaft. Ich habe ihr heute gesagt, sie soll ein Gedicht an Neruda schreiben und seinen Hund, den er begraben hat «im Garten neben einer alten verrosteten Maschine», und wie sie sich freut, diesen Hund im Hundehimmel zu treffen, während sie auf dem Weg zu dem der Katzen ist, ich habe ihr gesagt, sie wird Neruda treffen, da er bloß dieses toten Freundes wegen an einen Hundehimmel glaubt, ich habe ihr gesagt, daß ich sie beneide um diesen Herrn und Hund, gern Gast mit ihnen wäre bei meinem Durchgang in einen Himmel, von dem ich nicht wirklich glaube, daß es ihn gibt. Jetzt sitzt sie auf mir und blinzelt mich an. Ich wette, bei ihrer Ordnungsliebe hat sie sich einen Himmel für uns alle ausgedacht, ägyptische Verhältnisse, was grübelst du, so einfach ist das.

Erkennungsspiele

I

Israel Chorberg sagte am Telefon auf Englisch: Ich trage einen schwarzen Anzug und eine dunkle Brille.
Und ich, sagte ich, heruntergekrempelte dunkelblaue Socken. Das englische Wort für Turnschuhe fiel mir nicht ein. Ich war nervös. Ich traf einen Fremden, von dem ich wenig wußte. Das konnte anstrengend, enttäuschend, aber auch sehr lustig (werden) sein.
Wir werden uns schon erkennen, sagte er. Ein Hasardeur: In der Halle des «Excelsior» liefen wir ein paar Minuten später aufeinander zu. Geradenwegs? Sehr unzufällig?
Das Wort für Turnschuhe war mir inzwischen eingefallen: Sneakers. Und ich hatte mich auch nach mir umgeguckt, überlegt, mit welchen Frauen ich zu verwechseln wäre. Ich hatte nur drei weißhaarige Damen in langen Kleidern in schweren Sesseln in der Nähe der Rezeption im Gespräch miteinander gesehen und gedacht, daß sie aus einem Theater oder Konzertsaal gekommen waren, vielleicht sogar dem des New York Philharmonic Orchestras, in dem Israel Chorberg gespielt hatte, also nichts für heruntergekrempelte Socken (Turnschuhe), und in der Halle hatten noch mehrere Leute mit schwarzen Anzügen und dunklen Brillen herumgestanden und Englisch gesprochen, aber das noch oder bereits, während ich mit Israel Chorberg telefonierte. Er kam aus dem Lift, mit ihm andere im dunklen Anzug, und seine Brille war nicht einmal so dunkel, wie er es gesagt hatte.

Wir hätten ein paar Minuten lang rätseln – einander einschätzend umkreisen können und so das alte Spiel: Hinauszögern, unbeobachtete Blicke, Mutmaßung etc. spielen können. Ich hätte auch vorher weggehen können. Wäre ich eine Spielverderberin gewesen? Was stand überhaupt auf dem Spiel? Eine Verabredung. Und Neugier. Israel Chorberg hatte bei unserem ersten Telefonat gesagt, daß er ein Jugendfreund eines Freundes von mir sei, zum ersten Mal in Berlin. Sie hätten sich bald ein Vierteljahrhundert nicht mehr gesehen, seitdem sie beide Uruguay verlassen hatten. Unser gemeinsamer Freund war im Augenblick nicht in Berlin. Ich hatte Israel Chorbergs Stimme und was und wie er es mir erzählte, gemocht, deshalb hatte ich ihn treffen wollen. Und: er war ein Spieler, im weitesten Sinne – Musiker: er spielte ein Instrument, war Geiger. Mein Hunger auf Musik war mit im Spiel.
Hätten wir nicht auch Namensschilder tragen können – am Kleid, am Revers? Ich hätte ein Stück Papier hochhalten können mit meinem Namen, sogar mit seinem. Ein Liftboy hätte mit einer Tafel durch die Halle laufen können. Wir hätten viele Spiele spielen können, zusätzlich zu denen, die wir spielten: eingeübt, uneinig, ungeübt. Aber es wären nicht unsere Spiele gewesen. Wir spielten Blickspiele – verfängliche, aufregende Erkennungsspiele. Stumme Spiele. Das Sprachspiel kam dazu. Beide unterhielten wir uns nicht in unserer Muttersprache. Seine wäre Polnisch, dann Spanisch gewesen, meine Deutsch. Wir einigten uns auf Englisch, da ich die Sprache besser spreche als Italienisch, das er auch

sprach. Eine Stunde lang saßen wir im Restaurant des Hotels bei Obstsalat und Wein, bis das Restaurant geschlossen wurde, und machten (spielten) Streifzüge durch unsere Leben. Frage- und Antwortspiele. Er erzählte von seiner Zeit am Moskauer Konservatorium, seinen Ehen, New York, der Tournee, alten Freunden, Uruguay, dem Trio, in dem unser gemeinsamer Freund damals Cello gespielt hatte und Israel Chorberg der einzige gewesen war, der Musiker hatte werden wollen, von seinem Ärger, wenn die anderen nicht geübt hatten oder zu spät zu Proben gekommen waren etc., und ich erzählte von mir, all das gedrängt, schnell, witzig, witzelnd, anspielend, abbrechend, anrufend, abrufend, komisch verschworen – in einem Zeitraffertempo, daß wir beide nach einer Stunde meinten, wir würden uns schon sehr lange kennen – wir hatten in der knappen Zeit aber auch soviel über einander erfahren wie andere in Wochen oder Monaten nicht über sich. Müde ich nach der Stunde, wegdriftend, erschöpft, gestilltes Spiel erst einmal, gestillte Neugier, und ich wollte nur noch nach Hause fahren und in mein Bett. Ich hatte keine Lust auf ihn wie er auf mich, was er mich gegen Ende der Unterhaltung wiederholt erkennen ließ. Keine Verführung. Abgang ohne faulen Zauber am Ende: Ich wollte mir die Nähe, das Einverständnis in Meinungen und genauso das Spiel, das zwischen uns geherrscht hatte am Tisch, ungetrübt und unbeschwert bewahren und alles auch so in Erinnerung behalten, unseren unterschiedlichen Wünschen von Gehen und Bleiben zum Trotz. Als Israel Chorberg merkte, daß ich mich nicht umstimmen ließ, insistierte er nicht länger, Anstand hatte er ja auch gelernt, und so begleitete er mich galant und höflich zum Auto. Ob oder wann wir uns wiedersehen würden, war nicht wichtig. Wir hatten uns vorher, beim ersten Telefonat, einer anderen Konvention bedient: uns unsere Adressen notiert.

Nachtrag 1: Heute ist es für mich längst vergnüglich, eine fremde Sprache zu sprechen. Es kommt meinem Spiel- und Nachahmungstrieb entgegen: Ich entdecke mich neu und kann mich gleichzeitig vertuschen. Als ich Kind war, war mir Englisch ein Greuel. Wenn meine Eltern plötzlich Englisch miteinander zu sprechen anfingen, bedeutete es, daß sie jetzt etwas besprachen, das weder für die Ohren ihrer Kinder noch die des Personals bestimmt war. Sie zogen eine Mauer auf. Sprache sollte nicht mehr für alle durchlässig sein. Was sie sagten, war damit tabuisiert. Man saß dabei (bei Tisch) und war hinausgeschickt. Die stumme Schadenfreude, die ich empfand, als ich doch schon ein paar Wörter aufschnappte. Ich brach mit den Ohren in diese Art Spiele ein. Wenn ich mich auch später an manche andere Umgangsformen meiner Eltern in einem guten Sinn erinnerte und sie übernahm, zum Beispiel Gepflogenheiten meiner Mutter, bei einem Abendessen oder einer Party einen Tisch zu decken und zu dekorieren oder ein kaltes Buffet herzurichten, weil ihre Phantasie darin meinem Geschmack oder Sinn für Ästhetik entgegenkam, so wollte ich die elterlichen Sprachspiele doch für mich später weder kopieren noch wiederholen.

Nachtrag 2: Israels Frage, obwohl wir da schon voreinander standen: Elisabeth? Wenn ich nun, statt genickt, den Kopf geschüttelt hätte?

II

Die US-amerikanische Spielregel, die auf Tagungen, Kongressen, Konferenzen und sogar auf manchen Cocktails den Teilnehmern vorschreibt, ihr Namensschild an der Brust zu tragen, gibt es in eingeschränkterem Maße auch längst hier. Was dadurch in Gang gesetzt wird, läßt sich als absurdes Ich- oder Nicht-Ich-Angebot, als furchtbaren Ich-Ausverkauf betrachten, als phantasielose Uniformierung, als Prüfungssituation, als Schmuck (ähnlich einer Brosche oder einem Orden), als Ausweis, als erleichterndes Mittel zur Kontaktaufnahme, als Eselsbrücke im Umgang, als Gedächtnisstütze, und viele andere Aspekte mögen einem dazu noch einfallen. Einer er-liest da den anderen am Revers. Für jemanden, der nicht zu einer solchen Schilder tragenden Gruppe gehört, ist das Ritual erschreckend komisch, und es hat, begegnet man diesen Namensträgern beispielsweise im Fahrstuhl oder einer Hotelhalle, durch die Masse, Übermächtigkeit und Abgeschlossenheit (auch des Raums) bedrohlichen Charakter. Das Individuelle ist darin verloren. Man steht da als einzelner, steht dieser Masse gegenüber, die sich der Etikettierung gestellt und gefügt hat, und fragt sich nach den Beweggründen, die sie dazu bewogen haben, fragt sich, wo liegt das Einverständnis, was für eine Identifikation ergibt sich aus dem Namensschild oder wo liegt die Identität innerhalb der Spielregel oder soll man das Grün-

deln, Zweifeln, Fragen lassen, weil es allerorts in unbefriedigendes Abseits führt – handelt es sich nur um ein Spiel mit Projektionen.
Ich habe mich überall dort, wo ich mich durchsetzen konnte, geweigert, meinen Namen anzustecken. Wo es nicht ging: in manchen deutschen Rundfunk- und Fernsehanstalten und bei einem Empfang im ehemaligen Haus von Thomas Mann in Pacific Palisades. Überbewertung einer Floskel? Wenn ich das Schild zu tragen habe, komme ich mir wie ein Objekt vor, eine Ware, ein Aus- und Schaustellungsstück, und ich bewege mich auch wie eine Glieder- oder Schaufensterpuppe: verdinglicht, dem Muster-Blick zur Überprüfung und Verbildlichung preisgegeben, und ich bemerke in dem Blick ein Bild von mir, das ich so nicht will, weil ich auch den Blick so nicht will. Ich gehe lieber, was vielleicht altmodisch ist, aber natürlicher und oft sehr umständlich, auf jemanden zu, den ich nicht kenne, dem ich aber begegnen möchte, indem ich mich zu ihr oder ihm durchfrage. Ich rede erst und habe so später auch andere Blicke. Es ist ein diskreteres und privates Anrede- und Blickritual, ein Such- und Findespiel, das die ganze Person umfaßt und sich nicht abstrakt am Etikett des Namens auf der Kleidung orientiert. Es bleibt Spiel, genauer Umspiel, und bekommt keinen einen oder einzigen Sinn. Es liefert den Waschzettel oder den Firmennamen nicht mit.
In Chicago auf der North Michigan Avenue sah ich einmal mittags einen grauhaarigen Mann gehen. Er war in Eile und trug sein Namensschild am Anzug. Er hatte

es abzunehmen vergessen oder es war ihm gleichgültig oder er war ein Literat und hatte Rimbauds «Ich ist ein Anderer» gelesen oder das Schild gehörte schon so zum Alltag seines (Tagungs-)Anzugs, daß er es überhaupt nicht mehr als etwas anderes als Textil wahrnahm, oder er war unterwegs von einer Tagung zur nächsten. Spielte er nur? Hieß er ganz anders? Demonstrierte er auf seine älteren Tage? In der Öffentlichkeit der Straße, die eine andere Anonymität und Geschäftigkeit hat als eine Konferenz und auch von anderen Annoncen beliefert und beherrscht ist – Verkehrsschildern, Reklameschildern zum Beispiel –, bekam das Peter Watson des grauhaarigen Mannes etwas Schreiendes, auch Don Quichottehaftes: der Mann mit seinen zur Schau getragenen Buchstaben wirkte komisch. Es war, als führte das kleine Schild den vierschrötigen, derben Mann an oder aus: verwirrt, verirrt, verlaufen, eitel, dabei, mit Burger King und Fields und The First Women's Bank und Howard Johnson und Floresheim und Books zu konkurrieren. Auf der Straße fiel er mir auf.

Im Edison-Hotel

Ich hatte mich gerade ins Bett gelegt und dehnte mich in den Zustand eines allmählichen Wegdämmerns, als plötzlich vom Nachbarzimmer her gegen die Wand geklopft wurde. Ich setzte mich auf. Es war ein Klopfen, kein Hämmern. Hello! Die Stimme eines Mannes. Und der Mann bat, falls nebenan einer ihn hören sollte, daß er doch mit ihm reden möge, nur ein paar Worte, er könne nicht schlafen. Ich hatte keine Lust und war müde, aber ich sagte: Kann ich etwas für Sie tun? Stille. Schweigen. Geht es Ihnen nicht gut? Nach einer Weile klingelte das Telefon. Es war der Mann von nebenan. Er entschuldigte sich, mich zu stören, sagte, er heiße Paul. Dann fragte er mich nach meinem Vornamen. Ich sagte: Joan. Joan, sagte er und wiederholte den Namen ein paarmal. Was tun Sie in New York? Da ich darauf nicht antwortete, sagte er, er sei einer Spielzeugmesse wegen hier, er sei Spielzeugvertreter. Woher ich sei. Ich sagte, aus Deutschland. Oh, sagte er, aus Deutschland, und eine leichte Fröhlichkeit kam in seine Stimme. Dann sagte er: Nürnberg, ob ich Nürnberg kennte oder aus Nürnberg sei. Ich sagte nein. Er sagte, in Deutschland kennte er nur Nürnberg, nicht vom Krieg her, als er Soldat gewesen war, sondern von der Spielwarenmesse her, die er dort alljährlich besuche. Er mochte Nürnberg und die Christkindlmesse – bei dem Wort rollte und gluckste es durchs Telefon – und er schwärmte von den letzten Spielwarenhits, die er dort eingekauft hatte: ein tanzendes riesiges Huhn, ein Tandem, das sich fernsteuern ließ, Eichmann im Käfig. Ob ich sie kennte? Ich sagte nein. Schade, sagte er, wirklich schöne Sachen. Als ich nichts sagte, meinte er, er habe nur noch mit jemandem reden wollen, er habe nicht schlafen können, er könne nicht schlafen, er habe nicht zudringlich sein wollen, er hoffe, er habe mich nicht gestört, er sei so allein. Bitte, Joan, sagte er. Er wollte mich noch zu einem

Whisky in die Bar einladen. Ich sagte, ich sei zu müde, und ging nicht darauf ein, als er zu insistieren versuchte. Dann ging ich auf nichts mehr ein, und er wurde still. Ich sagte gute Nacht und legte den Hörer auf. Bald danach schob sich eine Visitenkarte unter meiner Zimmertür durch. Ich starrte drauf und löschte das Licht und ließ sie dort liegen. Am nächsten Morgen hob ich sie auf. *Paul Gershwin – toys and games.* Ich habe die Karte längst weggeworfen. Keine Erinnerung beantwortet die Frage: Wer war der Mann? Meine Phantasie kann ihm Leben und Gesichter anwerfen, so wie man Bälle gegen eine Mauer wirft.

Tom Hill

Ihr zwei, sagte er, hi. Ihr zwei. Aus Europa.
Er gab uns ein Glas Rotwein aus. Sein letzter Dollarschein lag auf dem Tisch.
Wißt ihr, wie ihr ausseht, tatsächlich, wie gerade angekommen, ihr seht so gesund aus, ihr seht so unschuldig aus, ihr wirkt noch ganz frisch.
Sein Gesicht war gedunsen und blutleer und pappig.
Er drehte uns den Rücken zu und sah sich im tv weiter die Übertragung der Olympischen Winterspiele an. Abfahrtslauf der Damen.
Johannes zeigte mir ein Foto seiner Großmutter. Sie war gestorben, und er hatte sie sehr gemocht. Auf dem Bild saß sie auf einer Bank vorm Haus. Sie lachte in die

Kamera. Er versuchte mir genau zu sagen, wie sie gewesen war.

Wir redeten miteinander.

Ihr redet, sagte Tom Hill, ohne sich zu uns umzuwenden, ihr redet noch viel zuviel. Warum? Weil ihr nicht wißt, worauf es ankommt.

Er wollte eine Zigarette. Ich legte die Schachtel vor ihn hin und fragte, worauf es ankomme, seiner Meinung nach. Nicht auf euch, sagte er, oder – vielleicht auf dich, du könntest mir gefallen, aber allein, nur allein, auf ihn – er hatte sich umgedreht und fixierte Johannes –, auf den da kommt es nicht an. Er ist ein Sieger. Nein, gottverdammich, er ist keiner, und es kommt auch auf Sieger nicht an.

Auf was dann, fragte Johannes.

Ich bestellte uns allen noch Rotwein. Medaillengewinner, sagte Tom Hill und plusterte die Luft zwischen den Lippen. Trotzdem war, wer in Innsbruck siegte, sein Freund. Seine Freunde waren Sieger, dort, die Kanadier, die Deutschen, und überhaupt.

Tom Hill war kräftig und nicht sehr groß. Er hatte schwarze Haare, seine Augen waren schwarz, die Schatten unter den Augen waren schwarz, und er trug einen dicken hellgrauen Pullover. Ich hatte das Gefühl, daß er einer aus Irland wäre, der sich irgendwann von seiner Insel und seiner Familie nach hier abgesetzt hatte, und er hatte an sich damals gedacht, als er uns für unschuldig und frisch angekommen ausgab.

Er hatte in der Stadt keine feste Adresse, er zahlte für eine P.O.Box, hing herum und schlief jede Nacht woanders. Er sagte das mit einem Unterton von Stolz. Auf dem Zettel, den er mir über den Tisch zuschob, standen sein Name und eine Telefonnummer, gültig für morgen. Wenn ich ihn anrufen wollte. Zwischen East River und Hudson habe er überall Freunde, sagte er, aber es sei schwer, ihn zu finden.

Auf was kommt es an, beharrte Johannes auf seiner Frage. Tom Hill streifte ihn mit einem Blick. Auf Büffel in Afrika kommt es an, auf Büffel, die dabei sind, einen Fluß zu durchschwimmen, auf die Sieger dabei und die Besiegten, antwortete er. In seinen Blick kam ein dunkles Flackern. Er trank mir zu, und dann erzählte er. Was er beim Reden sah, hatte mit uns und dem, was er uns sagte, nichts zu tun. Ich empfand plötzlich ein Mitgefühl für ihn, oft genug war ich in der gleichen Stimmung gewesen.

Die Mütter und Väter stiegen zuerst in den Fluß, die Kälber schwammen in ihrem Schlepp. So war es am Anfang. Dann kamen die Mütter den Kälbern in der Strömung abhanden und die Kälber den Müttern, weil die Kälber zu langsam schwammen, weil sie den Fluß zum erstenmal durchschwammen und obendrein gleich einen Fluß bei einer solchen Strömung. Ein besserer Tag, sie ins Wasser zu treiben, wäre besser gewesen. Die Mütter standen am anderen Ufer und sahen sich um. Nichts, sie sahen ihre Kälber nirgends. Was mit den Vätern passiert war, ob sie auch nach den Kälbern Ausschau hielten, war gleichgültig, es ging nur um die Mütter, die Mütter und die Kälber, auf die Väter kam es bei der Geschichte nicht an. Also schwammen die Mütter

zurück. Weil sie zurückschwammen, schwammen sie an den Kälbern vorbei.
Das Gebrüll der Kälber im Fluß, sagte Tom Hill.
Sein Blick irrte auf unseren Gesichtern. Ich sah ihn an, und seine Augen schlitzten sich, wehrlos. Da sah ich weg.
Dieses Gebrüll, sagte er. Die Kälber, die abgetrieben waren. Die Strömung. Wer kann in so einer Strömung schon etwas sehen. Wer kann in so einer Strömung schon Kurs halten. Absaufen muß man. Wenn man sich auf so etwas eingelassen hat, muß man auch absaufen. Aber die Kälber schafften es, sie verfehlten die Mütter und kamen ans Ufer, und angekommen am Ufer, brüllten sie, nur waren die Mütter wieder im Fluß, sie sahen die Mütter schwimmen, wegschwimmen von ihnen, also kehrten sie um, schwammen zurück, hinter den Müttern her, an ihnen vorbei, die in anderer Richtung schon wieder den Fluß durchschwammen, hin und her, weiter oben, weiter unten, abgetrieben, versprengt. Dieses Chaos im Fluß, sagte Tom Hill, die Erschöpfung unter Gebrüll, unmöglich, sich zu erreichen, unmöglich, gemeinsam und nebeneinander an einem Ufer anzukommen. Ertrinken. Eine Vergeudung von Kraft, diese Verschwendung in der Natur, sagte Tom Hill, überall, auch mit euch, sagte er, was rede ich mit euch, was erzähle ich euch das. Ihr zwei, wie ihr dasitzt, nebeneinander.
Ihr zwei, gottverdammich, sagte Tom Hill, was seid ihr noch gesund.

Elsa Maxwells Karten

Ich gehe in einem Papierwarenladen, nein, Papierwarensaal, einem Papierwarenpalast in der Tremontstreet in Boston von Kartenstand zu Kartenstand und staune über die angebotenen Grüße. Ich bin verwirrt, ich zähle, ich ordne ein, ich will meine Bedrückung nicht zugeben: 60 Varianten für das erste Baby; 50 zur Genesung; 100 zum Hochzeitstag; 100 zum Geburtstag; 70 verschiedene Grußbotschaften an die Verwandtschaft, namentlich: Vater, Mutter, Bruder, Schwester, Onkel, Tante, Neffe, Nichte, Cousin, Cousine, Pate, Patin, Opa, Oma; 80 Danksagungen; 40 Schwangerschaftsanzeigen; 50 Fragen nach dem Befinden; 40 Aufforderungen zu schreiben; 130 Grüße zum Valentinstag, 20mal Ich liebe Dich.

Das Einordnen hilft nicht. Meine Bedrückung weicht nicht. Also versuche ich mich in ironisierenden Erklärungen: «Das Angewandt-Nützliche-Zeit-und-Sprache-Sparende» etwa oder «Leitfaden in schöpferischer Eingebung» oder «Wie man unter Ausnutzung neuester psychologischer Erkenntnisse in der elementaren Kunst, einen eigenen Gedanken zu fixieren, praktisch auf das menschliche Verhalten einwirken kann». Ich gehe auf und ab vor diesen Karten, ich wüte, projiziere, beschuldige, schimpfe, richte, ich nehme die ganze Sache zu ernst. Ich möchte mich ablenken. Ich möchte mit diesen vorgedruckten Karten spielen können. Einen Purzelbaum schlagen. Nur mit Purzelbäumen kommt man noch durchs Leben – Nonsens fällt mir ein: «Eine

Ideologie der Kopfnüsse» oder «Wie bereitet man anderen Leuten Vergnügen und wird bestraft dafür». Oder Sätze wie diese: Es gibt keine Geheimnisse für dich in meinem Leben, du brauchst nicht aus dem Zimmer zu gehen, wenn ich (zum Beispiel) telefoniere. Darauf hätte ich antworten können: Nicht der Geheimnisse wegen bin ich hinausgegangen, ihretwegen würde ich ja wieder anfangen, interessiert zu sein, dein Gespräch (zum Beispiel) dauerte mir zu lang; derweil ging ich, jemanden auf die Nasenspitze zu küssen. Nonsens: Umwege, Abseitigkeiten, und nichts davon führt weiter. Also sage ich mir, dieser Laden ist ein Laden für alte Damen, aber ein junges Mädchen kommt herein und kauft Grüße am Gesundheitsstand: Zahnschmerz, und nach ihr ein junger Mann, er möchte mit seiner Geliebten unter die Palme einer einsamen Insel entfliehen. Vergeblich warte ich auf meine violett getönten, weißüberpuderten old ladies.

Die Liebenswürdigkeit dieser Karten. 40mal der Storch, von dessen Schnabel ein Bündel mit einem plärrenden, rotgesichtigen Blag hängt, 40mal ein anderer scheußlicher Storch, 40mal ein anderer Schnabel, 40mal ein anderer scheußlicher Blag; 40mal die Milchflasche, 40mal der Nachttopf, 40mal *das* Mutterglück; 20mal I love you – I love you all ist Jimmy Carter; 70fach die Familie: Grußadressen aus der Keimzelle des Staates an die Keimzelle des Staates oder seine/ihre monströse Wucherung. So liebenswürdig sind diese Karten, daß man ihnen gegenüber wehrlos ist, ihre Liebenswürdigkeit ist wie ein Netz, das sie überwerfen, um zu fesseln, um zu fangen, ein bißchen grausam, ein bißchen geschwätzig, ein bißchen gefräßig, Elsa Maxwells Liebenswürdigkeit, Mrs. Cromwells Liebenswürdigkeit vom Empfangskomitee der tv-Werbung in Chaplins *King of New York*, die Liebenswürdigkeit der Zahnpastalächeln und Whiskyspots, und da ihr Honig einmal da ist, kann man sich fragen, was soll man gegen sie noch auf dem Herzen haben.

Ich kaufe nichts. Ich schicke nichts. Ich stehe da (statt Purzelbaum), voll auf den Kopf geschlagen. Eigene Ausdrucksversuche fallen mir ein, prompt, ha, natürlich die mißglückten. Ich erinnere mich an Dankesbriefe, die ich früher schreiben mußte: within 24 hours, meine Mutter wollte es so, wenn ich irgendwo zu einem Tanz oder einem Wochenende eingeladen worden war. Meine Stümpereien mit den Verben, die Schablonen! Ich plagte mich ab mit Formulierungen, die «dazu beitragen, daß» oder «gestalten» enthielten: die freundliche Atmosphäre, die ichweißnichtmehrwas hatte gestalten sollen und können, der Abend, der dazu beitrug, daß ... oder eine Musik, die dazu beitrug, daß er, der Abend selber, dazu beitrug oder gelang. Als ich später einmal bei einem Architektenwettbewerb im Begleittext zu einem Entwurf herumlas und auf folgenden Satz stieß: Der zur Gestaltung freigegebene zu gestaltende Raum ist in dem Entwurf wie folgt gestaltet worden, war ich sofort an mich damals erinnert. Und all die nie beendeten, nur gedachten, angedachten, halben, viertel-, achtel-, nie abgeschickten Grüße und aufgegebenen Briefe fallen mir vor diesen bunten Karten ein. Eine Halde vergangener, vergeblicher Denk- und Schreibanstrengung. Ertappt und überführt stehe ich da. Ich denke: was ich an Zeit und Kraft vertat. Niedergedrückt stehe ich da, gedemütigt. Einen Wodka trinken gehen, fällt mir plötzlich ein, einen, zwei, drei, vier Wodkas, nur Alkohol läßt mich diesen Karten entrinnen: ihrer Übermacht, ihren Losungen, und feierlich gelobe ich: Nie wieder will ich mich an einem eigenen Gedanken vergreifen, ich gebe meine Wörter ab, ich hole sie mir hier aus den Grußformularen; Fragezeichen sind da, Ausrufungszeichen sind da und Schnörkelchen und Schleifen in Silber und Gold und Rosa und Rot und Blau, das Auto ist da, der Kinderpopo, der Nachttopf, die Palme, das Herz; was mir fehlt, finde ich hier, alles schmuckvoll vorgedacht und vorgedruckt und vorgeschrieben, und fast ebenso feierlich, nur schneller widerrufe ich: hinaus aus dem Serail, auf die Straße hinaus.

Fuller
oder: Die kurzen Hosen

Sein Vater war Papierarbeiter in Worcester, Massachusetts, gewesen, und seine Mutter stammte aus Polen, lebte in New York. Dort hatten sie sich kennengelernt. Weiter über die beiden zu reden, hatte er im Moment nicht Lust, sie waren tot, seine Mutter war schmächtig und eine ausgezeichnete Köchin gewesen. Er redete von sich, was er machte, Geschichten, Gelächter, Geschichten, redete pausenlos, blieb in Fahrt. Aggressionen, Hemmungen, Momente des Einhaltens, Zweifel schien er, gewöhnt, sich nach außen zu wenden, überhaupt nicht zu kennen. Vielleicht lag es auch daran: er hatte mich und alle übrigen, die um ihn herumsaßen, von Anfang an zu seinen Zuhörern gemacht. Er ließ uns nicht Zeit, ihm viele Fragen zu stellen. Ein, zwei Fragen – schon war die Test-, die Interviewsituation da. Das reichte. Er lehnte es ab. Er wollte nicht antworten, er wollte sprudeln: erzählen. Hell auflachend legte er mir, meiner Mutter, die er *Madam* nannte, einem Freund von sich, den er nur bei seinen Initialen rief: Ci Ahr, und einem anderen: Dscheah Ehm, was sehr kehlig aus seinem Munde kam, die Hand auf die Hand oder die Hand auf den Arm oder die Hand auf das Knie und sagte: It's great. Ein New Yorker Kleingangster: wie die Mutter schmächtig, zart, zäh, mit bernsteinfarbenen Augen, in Stiefeln und Hosen, die ich für mich nur als zu kurze, enge Höschen bezeichnete, übergeschlagene Beine, Luchsaugen. Von hinten sah er aus wie eine Frau: ein Pelzmantel, der abstand wie über einem dicken Rock, eine große Segeltuchtasche in der Hand, worin frische Farmeier, Kartoffeln und Tomaten hätten sein können, ein wenig über sechzig Jahre alt, dazu die Hosen und vom Lande; chevaleresk, grazil, die Kiste Zigarren, die er ständig mit sich trug, Behelfs(hand)tasche für Europa (seine speziell fürs Zigarrenrauchen eingerichtete Tasche hatte er zu Hause gelassen), kurze, schmale Finger und eine Havanna nach der anderen. S. F. war für anderthalb Tage nach Berlin gekommen. Er flog zurück nach

Los Angeles, er arbeitete in Hollywood. S. F. – nicht, daß er sich so genannt hätte. Er hätte sich nur so nennen können, da er gerne Abkürzungen gebrauchte, wenn ihm Namen wie die seiner beiden Freunde am Tisch zu lang oder schwierig auszusprechen erschienen. Deutsche Familiennamen mit ihren vielen Konsonanten bremsten seinen Redefluß. Er brauchte Gegenlauf. So sagte er denn C. R., das war ein Freund, und J. M., das war ein anderer Freund, L. A., das war Los Angeles, und S. F. war nicht Science-fiction, es war Samuel und Fuller.
Es war ein Fest. Wir feierten C. R.s Geburtstag mit einer Herrentorte, und C. R. feierte den Tag mit der zusätzlichen Freude, daß er Fuller wiedersah. Sie hatten sich zuletzt in einem Studio in Hollywood getroffen, und das war lange her.
Zu Hause bei den Eltern, sagte Fuller mit einem Blick auf die Torte, dann brach er den angefangenen Satz ab und brannte eine Havanna an einer Kerze an. Er drehte sie an der Flamme und steckte sie tief in den Mund, befeuchtete sie, drehte sie wieder, bis sie an der Flamme glühte, führte sie wieder zum Mund, zog wieder und befeuchtete sie diesmal so mit Speichel, daß das Mundstück näßte und dunkel aufgeweicht war. Wir schwiegen dazu und folgten dem Vorgang aufmerksam mit den Augen. Fuller hingegen hatte nur Augen für die Havanna, er betrachtete sie. Er fand sie in Ordnung. Sie war präpariert. Erst jetzt führte er den angefangenen Satz weiter. Zu Hause bei seinen Eltern, sagte er, hätte es zuviel selbstgebackene Kuchen und Torten und Schlagsahne gegeben. Seitdem lehnte er Süßigkeiten ab.

Wodka war ihm lieber. Wodka war sein Lieblingsgetränk, es war auch das seiner Mutter gewesen. Ein Glas reichte nicht, er hatte immer eine Flasche neben sich stehen. Aber er war ein Mann von äußerster Höflichkeit, und in so einem Fall, bei einer Feier, einem Geburtstag wie jetzt demjenigen seines Freundes aß er wieder Kuchen. C. R. entschuldigte sich, daß er keinen Wodka hatte, um ihn Fuller anzubieten. Er konnte ihm diverse Obstsäfte anbieten, an Früchten Orangen, an Gemüse Tomaten, und er erklärte das absteckend wie nebenbei, während er Fuller ein Stück von der bitteren Torte herüberreichte. Sie war mit einer dicken Schokoladenschicht überzogen, innen locker, cremig und sehr süß. Fuller nahm einen Bissen. Die Torte schmeckte ihm. Kurz darauf zog er ein Foto aus der Tasche, das seine dreijährige Tochter zeigte. Die mexikanische Kinderfrau hielt sie auf den Armen und zeigte sie vor. Eine typische Aufnahmepose. Er war zum zweiten Mal verheiratet, obwohl er nie wieder hatte heiraten wollen. Ich bin gegen Ehe, sagte er. Er hatte seine erste Frau nach der Scheidung auf den Mond gewünscht und mit ihr alle Frauen, die Frau sozusagen überhaupt, aber es war anders gekommen. Er war ausgezogen und hatte der Frau alles überlassen, was ihn an sie und sie beide erinnerte: das Auto, den Swimming-pool, das Haus samt Inventar. Er zeigte die Aufnahme seiner Tochter herum und sagte, C. R. solle ihm im Austausch dafür Fotos von seinen Kindern zeigen. Er streckte schon die Hand aus. C. R. hatte jedoch keine Kinder. Er war Junggeselle. Er hatte höchstens Fotos von sich, aber die trug er nicht bei sich.

O yeah, sagte Fuller und saugte an der Havanna. Er gab C. R. recht: It's bullshit. Eine Manie, solche Fotos herumzureichen. Kinder, sagte er. Er hatte sich eigentlich gegen Kinder gesperrt. Er fand sie fabelhaft in einem Film: eine Horde von vierhundert oder fünfhundert Kindern vor der Kamera zu haben und in Japan beispielsweise abzudrehen, war simply great. Aber eigene, nein. Auch seine zweite Frau hatte kein Kind haben wollen. Sie hatte sich gern mit fremden Kindern begnügt und sich mit ihnen fotografieren lassen. Eines Tages war ihnen aufgefallen, was für schöne Bilder so zustande kamen, und darüber war ihnen eingefallen, daß es doch auch ein schönes Bild wäre, wenn Mary ein eigenes Kind auf dem Arm halten könnte. Ein noch schöneres Bild sozusagen, und für die Fotografierpose konnte sie es tun, wann immer sie wollte, und sie wäre unabhängig von Freundeskindern. Sie hatten die Tochter bekommen, und Fuller hatte die Geburt gefilmt. Ich dachte, sagte er, wenn sie mal siebzehn, achtzehn Jahre alt ist und anfängt, schwierig zu werden und Mary und mir mit Vorwürfen kommt und ausbrechen will, dann zeige ich ihr, wie und wer sie damals gewesen ist: ein roter, verschrumpelter, hilfloser Winzling. Und sie wird sehen, wie schwierig ihre Geburt war.
Meine Mutter hatte Fotos von ihren Kindern und Enkeln in der Handtasche, aber da sie von Fuller nicht gefragt worden war, hatte sie die Hand, die in der Tasche schon nach dem roten Ledermäppchen gesucht hatte, wieder zurückgezogen und die Tasche neben sich gestellt. Jetzt erzählte sie Fuller eine Geschichte, die sie

gerade gelesen hatte und von der sie immer noch begeistert war. Die Begeisterung malte sich in ihrer Stimme und auf ihrem Gesicht. In einem Buch über die österreichische Kaiserin Maria Theresia – sie las gern Biographien über adlige Persönlichkeiten – hatte sie die Geschichte einer kniffligen Abmachung zwischen der Kaiserin und ihren ungarischen Freunden, den Esterhazys, gefunden, die ihr großen Eindruck gemacht hatte. Fuller unterbrach sie, er wußte nicht, wer die Esterhazys waren. Sie erklärte es so ausführlich, wie sie es konnte und fuhr dann fort, daß Maria Theresia, die von den Freunden auf ihr Gut Gödölö in Ungarn eingeladen worden war, ihren Besuch mit einer Bedingung verknüpft hatte. An dem Dezemberwochenende, an dem sie kommen wollte – und sie bestimmte das Wochenende Monate voraus –, mußte Schnee liegen. Sie wollte mit dem Schlitten kommen, wenigstens durch die Allee und auf der Zufahrt zum Schloß im Schnee fahren können. Das Wochenende kam näher. Das Wetter sah nicht nach Schnee aus. Aber der Besuch der Kaiserin war erwartet. So mußte Schnee herbeigeschafft werden. Die Esterhazys schickten Arbeiter mit Pferden und Wagen in die Karpaten, und als die Kaiserin kam, lag Schnee in der Allee und auf der Zufahrt zum Schloß.
Fuller zog an der nie ausgehenden Zigarre, sah meine Mutter leicht vergrübelt an und sagte dann: Madam, da haben wir es in Hollywood einfacher. Schnee ist doch herstellbar. Wir lassen ihn machen, wenn wir ihn brauchen. Ci Ahr, sagte er dann, ich glaube, es wird Zeit, es wird sonst zu dunkel. Fahren wir?

Fuller suchte Motive in der Stadt. Er sagte C. R., was er brauchte, und C. R. bemühte sich, es zu finden. Fuller brauchte Häuser im Kriegszustand: zerbombte Häuser, Hausruinen an einer abfallenden Straße, Straßenbahngeleise (für eine Straßenbahn, die in einer Kurve, ohne ihre Fahrt abbremsen zu können, auf eine Bombe zurasen und explodieren sollte), Kopfsteinpflaster, eine Kreuzung, ein Kirchendach, einen Keller-, einen Hauseingang, all das für eine Kriegsgeschichte, die in sieben Ländern spielte, so hatte er es sich ausgedacht, mit Kriegshelden, die aus sieben Ländern kamen. Das Ganze ein an die Zweihundert-Millionen-Dollar-Projekt über den Zweiten Weltkrieg. Deutsche Stadtansichten dafür mußten nicht in Berlin liegen. Fuller konnte sie genausogut in Braunschweig oder Aachen finden. Er kannte Braunschweig und Aachen nicht, aber er war, sagte er, flexibel.
Er machte sich ein erstes Bild. Er erwog, er schränkte ein, seine Phantasie arbeitete sich durch Kreuzberger, Neucöllner und Tempelhofer Straßen. Gerade und horizontal verlaufende Straßen, durch die C. R. ihn fuhr, brauchte er nicht. Auch die Mauer störte ihn. Sience-fiction? Fuller lachte. Er hatte seine Tricks. Sollte es sich zufällig ergeben, daß ein Motiv, welches er benutzen konnte, an der Mauer lag, würde er die Mauer eben einnebeln. Der Nebel ließe sie verschwinden. Seine Schauspieler pflegte er in der Regel sowieso aus dem Ungefähr ins Bild kommen zu lassen.
Dann stand er auf einer alten Brücke, die früher einmal eine Eisenbahnbrücke gewesen war, jetzt aber nur noch

von Westberlinern, falls sie zu Fuß in den anderen Teil der Stadt wollten, passiert werden durfte. Ein schmaler vergitterter Gang; die Geleise daneben von schweren Eisenträgern blockiert. Fuller stand da mit seiner grünen Segeltuchtasche und den kurzen Hosen unter dem abstehenden Fellmantel und sah über den grauen Fluß und die grau bebauten Ufer zu beiden Seiten, und er wirkte trotz seines outfits, der ihn getrost hätte weitergehen lassen können, drüben auf Besuch, so fehl am Platz wie nur einer, der auf die Fidschiinseln gewollt hatte, von einem bösen Geist aber hier, auf dieser Brükke, abgesetzt worden war. Was tun? Er sah mich an und sagte: Nein. Daraufhin drängte er, nervös plötzlich, irritiert, scheuchte uns alle ins Auto, setzte die Sonnenbrille auf, um sich in Erwartung des ihm von C. R. versprochenen Innenhofmotivs während der Fahrt dorthin nicht zu zerstreuen.
Die kopfsteingepflasterte Straße, der Hof sagten ihm zu. Er nahm die Brille ab. Er spielte. Er stellte sich, sein eigener Held: ein amerikanischer Soldat, in einen deutschen Hauseingang. Die Straße war leer, und Polizisten hatten die Kreuzung abgesperrt. Vom Kirchendach herüber und durch Bäume, an denen nur noch wenige Blätter hingen, schoß ein deutscher Soldat, ein Stahlhelm fiel im Hauseingang dem Amerikaner vor die Füße, das ausgemachte Zeichen, sich abzusetzen, er schaute nach links, er schaute nach rechts, er beobachtete den Deutschen auf dem Kirchendach, die Luft war rein, er konnte verschwinden. Neben Fuller machte eine Frau ein Fenster zu, sie stellte die Topfpflanze weg, zog

die Gardine vor, ein altes, blasses Gesicht, sie kehrte sich ab, verschwand im Dunkel des Zimmers. Fullers Augen musterten die Hausfassade. Einschüsse waren genügend da, die Rustika war alt und schwarz, verrußt von der Kohle, mit der die Bewohner ihre Öfen heizten, an vielen Stellen bröckelte sie, der deutsche Heckenschütze kauerte weiter auf dem Kirchendach, er bewegte sich zwischen den Zweigen, kroch vorsichtig vorwärts, peng, Fullers Maschinenpistole im Anschlag, getroffen. Jungen, die weiter oben auf der Straße spielten, schauten herüber und bellten wie Hunde. Die Szene war durchgespielt, aber er schüttelte den Kopf, wägte nochmals ab, kalkulierte: Die Autos die ganze Straße hinauf zu beiden Seiten des Bordsteins verschwinden zu lassen, war teuer, und er wußte nicht, wie lange er die Straße brauchen würde. Der Trick mit dem Nebel funktionierte hier nicht, und er mußte den Geschäften, die an der Straßenkreuzung lagen, ihren Profitausfall pro Drehtag zahlen. Die Polizisten, die den Verkehr umleiteten, würden ein Trinkgeld bekommen, ferner mußten Straße wie Kreuzung leer sein, kriegsmäßig leer, was hieß, daß alle Bewohner entweder in ihren Häusern zu bleiben oder sich in der Drehzeit außerhalb der Absperrungen aufzuhalten hatten. Das alles war kostspielig, immerhin hatte er ein Motiv gefunden, mit dem sich etwas anfangen ließ. Er dankte C. R. und sagte, er sei doch ein Freund, der zu gebrauchen wäre, nicht auf Anhieb – die Winkel, die er ihm zuvor gezeigt hätte, hätten ihn nicht im geringsten inspiriert: der Fluß, die öde, schwerfällige Brücke, zwei Volkspolizisten in einem

Wachturm, das Patrouillenboot auf der Spree. Nichts davon hatte ihm weitergeholfen. Das Drehbuch war geschrieben, die Handlung lag fest. Er zog an der Havanna. Gut, sagte er, Schluß. Jetzt wollte er ins Hotel, unter die Dusche, wollte sich die Haare waschen, er hatte das Gefühl, sie lockten sich und klebten, er wollte ein frisches Hemd anziehen und erst einen Wodka trinken, den Whisky dann später am Abend. Er lächelte, strich sich durch die langen, weißen Haare. Er war angespannt gewesen. Er schloß die Augen. Er hatte viel gesehen. Dann war er federnd wie ein Messer wieder da: gespannt, erregt, als würde er einem Reservoir unerschöpflicher Energien gebieten, das er nur anzuzapfen brauchte, um wieder frisch, wach und dynamisch zu sein. Er hob den Blick. Dscheah Ehm, sagte er zu J. M., den er während der Fahrt und der Suche nach Motiven sehr vernachlässigt hatte – alle Aufmerksamkeit hatte seinem Freund C. R. gegolten –, Dscheah Ehm, o boy, wiederholte er, und eine väterliche Zärtlichkeit kam jetzt in seine Stimme, Dscheah Ehm, I like you, boy, my boy. J. M. wippte auf den Fußsohlen auf und ab, zwei Köpfe größer als Fuller, sah auf ihn herunter, dann warf er den Kopf nach hinten und lachte hungrig und hoch aufgeschossen wie Eugen Grand auf seiner langen, langen Zugfahrt durch Virginien: My boy! My boy! Fuller lud ihn ein, nach Amerika zu kommen und dort einen Dokumentarfilm zu machen. Das Wie würde er ihm beibringen. Dreißig Jahre arbeitete er in Hollywood, und er hatte immerhin vierzig Filme gemacht. Und J. M. sollte Elena, seine Freundin, mitbringen. Wie wäre es, schlug er ihm vor, mit einem Film über Charles Bukowski, ihr habt doch hier so ein Bukowski-Fieber, bei uns gibt es das gar nicht, da weiß kaum einer, wer Bukowski ist, C. B., den du in L. A. in einer Hotelhalle triffst, ich arrangiere das, und so fängt der Film an: C. B. ist beim dritten highball, wenn du zu ihm gehst, und du gehst auf ihn zu und sagst: Mr. Bukowski, wie Sie wissen, haben Sie heute Geburtstag. Er sieht dich an, sagt: Ich hatte es vergessen, thank you, man, that's great, man. Und dann fragt er dich, ob du lieber Männer oder Frauen magst oder beides, er will es jetzt schon wissen, obwohl noch Vormittag ist, er will alle deine Vorlieben früh wissen, damit er sie bis zum Abend nicht zu oft vergißt. Du hast deine Freundin mitgebracht, und C. B. erweist ihr seine besten Umgangsformen. Zum Schluß signiert er ihr «Notes of a Dirty Old Man». Sie hat ihn darum gebeten. Und als sie ihm sagt, daß eins seiner nicht sehr langen Gedichte – das über seine Tochter Marina – zu ihren Lieblingsgedichten zählt, ist C. B. so gerührt, daß er beinahe weint – immerhin hat er auch schon einiges getrunken –, soviel Anteilnahme; soviel Wertschätzung seiner Sachen in München, in Köln. Und dann zieht ihr los, seinen Geburtstag zu feiern, ohne Kuchen und Torte und Kerzen wie mein Freund Ci Ahr das mag, und in dem ganzen Film redet Bukowski nur über Bukowski: Bukowski ohne einen cent am Montag, Bukowski ohne einen cent am Dienstag, Bukowski ohne einen cent am Mittwoch, Bukowski in L. A., Bukowski in Kansas (da kennt ihn niemand), Bukowski in New Orleans (da kennt ihn auch kein Hund),

Bukowski in New York, Bukowski in Houston, Bukowski als Essensausträger, Bukowski als Packer, Bukowski als Tellerwäscher, Bukowski als Penner, Bukowski, wie er seine Frauen schlägt, Bukowski, das Eroto-Monster, Bukowski und Armstrong, Bukowski und Smith, Bukowski, der Nixon interviewt, Bukowski und Jimmy Carter. Dscheah Ehm! Dscheah Ehm! Vielleicht machst du gleich den Präsidentenfilm!
Alle Präsidenten seit Roosevelt, sagte Fuller, Roosevelt inclusive. In der Schwadronier- und bärbeißigen He-man-Stimmung, in der er jetzt war, machte er sie alle herunter. Sie waren Perverse, Diebe, Lügner und nuts, Eisenhower, Johnson – die Kennedys übersprang er –, aber Nixon, Ford, Carter, Jimmy Carter mit dem ewig grinsenden Gesicht. Carter hatte er nur gewählt, weil er gegen die Republikaner war. Sie sollten endlich verschwinden, war seine Meinung, und das Pentagon sollte man ausräuchern und abreißen. Wozu soll es noch dienen, sagte er, jetzt, ohne Krieg.
Er packte J. M.s Arm, zurückgebeugt in Gelächter.
Basic German, sagte er, das ist «reich», «groß» und «alte Sau» oder «Schwein», hat man mir gesagt. Das ist Präsidentensprache. Damit fang an, Dscheah Ehm, das ist die Brücke.
J. M. schwieg dazu. Seine braunen Augen schauten Fuller nur bedenklich weich, bedenklich großmütterlich, traurig und schwankend an; ein Blick, der hätte sagen können: S. F., wer von uns beiden ist hier der boy oder der dirty old man, und wer von uns beiden ist hier wessen Sohn. Etwas davon mußte Fuller spüren. Also, fuhr

er einlenkend fort, ich seh schon, mach lieber einen Film über C. B., das ist eher was für dich, mach einen Kunstfilm über den großen, versoffenen kalifornischen Underground-Dichter, da hast du mehr Spaß, und du kommst auf deine Kosten. Ich fliege morgen zurück nach L. A. Ich rufe ihn an. Wann bist du da?
Ich weiß nicht, Sam, sagte J. M. und wippte in seinen Stiefeln auf und ab, ich weiß nicht, aber wenn ich da bin, komme ich mit –
Mit was? fiel ihm Fuller ins Wort.
Mit einem fertigen Film über Bukowski.
Unseren shit hier, diesen Quatsch? Dscheah Ehm und Es Eff über Bukowski?
Ja, lachte J. M. Ich habe ihn im Kopf.
Gut, Dscheah Ehm, sagte Fuller, aber behalte ihn auch da, und den nächsten machst du über mich.
S. F. mit Gasmaske, warf C. R. ein, während der Dreharbeiten zu Big Red One, siebenmal und siebenmal sieben Helden –
Und in sieben Ländern? Gut, sagte Fuller, warf den aufgeweichten Stummel der Havanna auf die Straße und trat ihn auf dem Pflaster aus. Die Hände in den Taschen der kurzen Hose sah er zu J. M. auf, was er davon halte.
J. M. lachte. Ein Lachen, das nicht ganz aufkam, als erlaubte er es sich nicht. Es klang gepreßt und trotzdem spottend. Nein, sagte er, S. F. im OP, wie er, die Maske vorm Gesicht, die Geburt der Tochter filmt.
Dscheah Ehm ist heute schlecht auf mich zu sprechen, sagte Fuller zu C. R. C. R. drehte sich zu J. M. um und sah ihm prüfend ins Gesicht. Ja? Ach.

J. M. sagte nichts. Er sorgte sich ständig um den kregelen alten Mann, aber der Tag war ohne Komplikationen verlaufen. Es hatte für ihn nichts zum Einspringen und Regeln gegeben. Keine Einwände, keine Bedenklichkeiten, die er noch geraume Zeit hätte hin und her wenden können, so wie er es aus Gesprächen, die er mit Drehbuchautoren führte, gewohnt war. Vielleicht machte ihn gerade dieses Nichts besorgt. Und er bewunderte Fuller auf eine Weise, die scheu war und verhalten und klein und ganz im Gegensatz stand zu Fullers rühriger, zupackender Art.
Fuller ging darüber hinweg. Warum denn? fragte er. Flieh nicht vor deinem Glück, pack es, halt es fest, solange es sich selbst in deine Hand begibt, später wirst du ihm nachlaufen, aber dann ist es zu spät, und du holst es nicht mehr ein.
So hochtrabende Lebensregeln? J. M. sah ihn groß an. Nein? sagte Fuller. Also dann nicht, dann vergiß, was ich dir gesagt habe, aber – und er überlegte, wie er den angefangenen Satz beenden könnte, da er nun schon einmal «aber» gesagt hatte, und genauso eindringlich wie rundheraus und unvermittelt sagte er dann: Don't invite pain! Don't invite pain.
Er wiederholte den Satz ein drittes Mal. Er hätte ihn noch zwanzigmal hersagen können, beschwörend, leer: Don't invite pain, boy – die ganze Litanei, aber damit hätte er nicht überspielen können, daß etwas ihn aus dem Zusammenhang gerissen hatte –, ein Gefühl, das er in weiteren Worten nicht preisgeben wollte. Er steckte sich eine neue Havanna an und verabschiedete sich

schroff: Bis auf später, Dscheah Ehm.
J. M. legte den Kopf schräg auf die Schulter, als horchte er auf ein ganz fernes Geräusch. Ich fragte ihn nicht, was er so einholen oder loswerden wollte. Die beiden hatten zusammen gearbeitet, aber das war schon längere Zeit her, und ich hatte keinen von Fullers Filmen gesehen.
J. M. stand da und sah C. R. nach, der Fuller in die Halle seines Hotels begleitete. Der eine Mann führte den anderen am Arm. Von hinten ein seltsames Paar. Der eine groß, in einem langen, offen herabhängenden Mantel, der andere klein, in einem Pelz oder Rock, dazu die Einkaufstasche aus Segeltuch, in der Hand die Havanna. Sie entfernten sich. Zwei in Hosen. Zwei Männer und trotzdem ein Mann und eine Frau. Ich war verwirrt. Sie traten auf.

Foto-Ausstellung

Die junge Schwarze hatte einen gelben Bleistift im Haar, und sie trug einen rostroten Rock, der an einer Seite geschlitzt war. Der Schlitz reichte weit den Oberschenkel hinauf. Ihr Bauch war ein wenig vorgestreckt, so daß ich einen Augenblick geglaubt hatte, sie wäre schwanger; auf seiner Wölbung saß ihr Kind. Sie drückte es mit beiden Händen an sich, und das kleine Mädchen, das keine zwei Jahre alt war, hielt sich an ihr fest.
Die junge Frau hatte von der Flanierpassage aus in die Galerie gesehen und hinter den Glasscheiben die Fotos

mit Hollywood-Stars entdeckt, die dort ausgestellt waren. Sie war hereingekommen, an mir vorbei, und ging jetzt durch die Ausstellung, schnell, mit sich selber redend, nervös. Sie sah die Fotos nur von weitem an.
So würde ich sie niemals im Leben fotografiert haben, sagte sie. Das soll Katharine Hepburn sein? Wie kann er sie so gesehen haben. Sie blieb stehen. So nah.
Es war ein Porträt von Katharine Hepburn, eigentlich nur ein Gesichtsausschnitt, der ihre Züge sehr grob entstellte: kaum Haare waren zu sehen. Um die Schläfen- und Kinnpartie herum soff das Foto, gesoftet wie es war, ins Schwarze ab. Der Mund wie Blut, ein dicker schwarzer Strich, Blut, das gleich herausspritzen würde.
Nein, nie, sagte die junge Frau und ging weiter.
Ja, sagte sie, das stimmt. Das ist Humphrey Bogart. Ihn hat er gesehen.
Und das ist Bette Davis.
Bette Davis als junge Frau, sehr weich; die großen Augen, die großen Nasenlöcher, die hohe weite Stirn. Andere Fotos stellten sie als «Elizabeth I.», «Bette Davis mit Pelz», «Bette Davis im viktorianischen Kostüm» und «Bette Davis mit Blume» dar. Ich hatte mir alle Fotos von Bette Davis genau angesehen. Die junge Schwarze sah sich diese Fotos nicht an.
Mein Gott, sagte sie, Jesus, und horchte.
Die Sirene, die Feuer bedeutete, hörte nicht auf zu heulen. Ihr Ton wurde von dem Heulton einer Ambulanz unterbrochen.
Mein Gott. Sie drückte das Kind enger an sich, aber sie hielt ihm nicht die Ohren zu. Das Kind legte seinen

Kopf gegen ihre Schulter: ein kleines schläfriges Tier. Es blinzelte zu Boden, dann schloß es die Augen. Ein paar seiner Strähnen waren zu feinen Zöpfen geflochten und dahinein Goldbänder, die an den Enden vergoldete Holzperlen hatten. Sie hingen dem Kind ein wenig struppig um den Kopf. Die Sirene heulte und heulte. Die Ambulanz war vorbeigefahren.

Hör dir das an, Jesus, sagte die junge Frau.

Dann fragte sie, wie heißt er, und trat nah an ein Bild von Douglas Fairbanks jr. heran, um den Namen des Fotografen zu lesen.

Hutschell? Nie gehört den Namen. Er heißt anders. Ich habe den Namen aber auch noch nicht gehört. George Hurrell heißt er, so. Sie sah sich das Foto mit einem veränderten Blick an, als ob sich an ihm auch der Wert des neu gelernten Namens erweise. Da war der Bartstrich, der Fairbanks Gesicht kleinlich machte. Die Hand mit den langen Fingernägeln und einem protzigen Ring lag gespreizt auf dem Sockel eines Bronzekopfs, und der Kopf stellte einen ins Profil gedrehten schönen Jüngling dar, parfümiert und glatt. Im Hintergrund sah man Reiher auf einer japanischen Tapete.

Die junge Frau sah zu Clark Gable hin, der daneben hing mit einem Lächeln wie Kürbiskompott und einem entsprechend glänzenden Gesichtsausdruck. Und neben Clark Gable hing Bette Middler, die, wie ich gefunden hatte, auf dem Bild Bob Dylan sehr ähnlich sah, Bob Dylan als Frau: schafsmäßig. Ihre Zähne, sagte die junge Frau. Sie schüttelte den Kopf.

Und für dieses Foto von ihr will er 1350 Dollar? Für den

Straß-Schmuck? Das ist das Foto nicht wert. Die ganze Ausstellung ist es nicht wert. Die Äußerung bezog sich auf Bette Davis als Elizabeth I., die sie sich jetzt doch genau betrachtete. Sie trat nah heran und ließ ihre Blicke über die schwere Robe und die Halskrause und die Krone gleiten. Der Galerist beobachtete sie. Er war ein rotblonder, dicklicher, junger Mann in einem hellen Anzug, und er unterhielt sich mit einer blonden Frau, die an einem Tisch nah bei der Tür saß.

Sind wir gegen Diebstahl versichert? fragte er.

Ja, sagte die Frau, John hat es erledigt, vorgestern oder so, jedenfalls noch vor der Eröffnung.

Ist schon etwas verkauft, fragte der Galerist.

Nein, sagte die junge blonde Frau am Tisch. Sie sehen ja, es kommen nicht viele, und die kommen, sehen nicht wie Käufer aus. Sie schneien herein, weil sie sowieso nur gucken. Nebenan bei Courrèges und bei Charles Jourdan haben sie geguckt und bei Fields alle fünf Etagen hindurch, vielleicht haben sie irgendwo einen Espresso getrunken oder sind gerade im Kino gewesen.

Der Galerist streifte die blonde Frau mit einem Blick, dann sah er über die Passage hinweg zu Fields hinüber. Er hatte seine Galerie vor vierzehn Tagen eröffnet. Sie war nicht sehr groß. Drüben war die Sommerkollektion angekommen: Badeanzüge, Blusen, Kleider, Hosen, kurze Hosen, lange Hosen, alles in sehr knalligen Farben oder in Weiß.

Die junge Schwarze stand wieder vor dem Bild von Katharine Hepburn, auf das sie beim Hereinkommen gleich als erstes zugesteuert war.

Wie konnte er sie bloß so fotografieren, sagte sie. Daß sie es zugelassen hat – so!
Sie schürzte die vollen Lippen und schüttelte den Kopf. Nein, sagte sie, sie hätte es nicht zulassen sollen. Der Mann hat keine Augen im Kopf. Bette Davis, na ja, aber Katharine Hepburn ... Und Greta Garbo erst mal! Als sie das sagte, stand sie schon auf der Rolltreppe und fuhr in den zweiten Stock hinunter. Wie er die hingekriegt hat! Er sollte Vögel fotografieren oder Autos, aber keine Frauen.
Jesus, sagte ich jetzt, das Kind.
Sie hatte es in der Galerie zurückgelassen. Aus Teufelei? In einer Anwandlung von Witz und Zorn? Als Pfand? Er saß da und guckte die Fotos an, bis sie andere Gesichter bekommen hatten.
Wer sie so durcheinander gebracht hat? Die Bilder doch nicht. Aber, dachte ich, das Kind holt sie bestimmt wieder ab.
Das Kind saß auf dem Boden und blinzelte zu Bette Davis hinauf; ich sah, seine Augen gingen zwischen ihren Augen und der Nelke, die sie in der Hand hielt, hin und her, bis sie dran roch. Und es starrte Bette Middler auf den Mund, bis sie ihn aufmachte und sang. Und der dicke Ring auf Douglas Fairbanks' Finger funkelte, und die Steine aus der Krone von Elizabeth I. strahlten, daß das Kind fast geblendet war und die Hände schützend vor die Augen legen mußte, und Katharine Hepburns Gesicht war weich und hell geworden, und es war ein Flügelschlagen im Raum, die Reiher hatten die seidenen Bäume verlassen und flogen durch die Galerie – viele

waren es, und es wurden immer mehr, sie prallten gegen die Fensterscheiben, flatterten in die hinteren Räume, in denen es dunkler war, und wieder zurück, das Kind hielt sich die Ohren zu, sie setzten sich auf die Bäume, und ihre Blicke wanderten zu den Fenstern hin, dann stürzten sie sich mit einem einzigen Schrei gemeinsam durch die Scheiben, die zerklirrten, sie waren frei.
Träumte ich?
Jesus, sagte das Kind. Und Fairbanks Ring flog ihnen nach, dann der Finger und Humphrey Bogart stürzte durch die Scheibe, Bette Middler ihm hinterher, gefolgt von Greta Garbo und Bette Davis, die achtgaben, daß sie nirgendwo mit ihren Kleidern in den Glassplittern hängenblieben und sich auch keine Scherben in die dünnen Sohlen ihrer Sandaletten traten. Dann waren sie fort. Katharine Hepburn hockte sich auf den Fußboden neben das Kind. Es blinzelte sie an und legte seinen Kopf gegen ihre Schulter, so wie es das zuvor bei der Mutter getan hatte: ein kleines schläfriges Tier.
Katharine Hepburns Haare waren jetzt zu sehen, auch die Stirn, aber der Mund war immer noch wie Blut, das gleich hervorspritzen würde, ein dicker, schwarzer Strich. Ein Tropfen fiel, ein zweiter, dann strömte es, ein Regen, und breitete sich auf dem Fußboden aus. Die Mutter des Kindes stürzte herein, riß es an sich und eilte mit ihm die Treppe hinunter. Aus dem Glashaus kamen sie jedoch nicht mehr heraus. Die Fans von Bette Davis blockierten den Hauptausgang, die Fans von Humphrey Bogart und Bette Middler die Fahrstuhltüren; die Treppen, die zu den Tiefgaragen und Notausgängen führten,

waren von den Leuten, die Greta Garbo umringten, verstopft. Und wie sehr die Stars sich auch bemühten, sich verständlich zu machen, und Autogramme verteilten und sich selber beklatschten, in der allgemeinen Bewegung waren alle Gefangene.
Ich stand oben an der Treppe, die aus Marmor war, und wußte es auch nicht: wie kam ich hier wieder heraus.

Die Erfüllung eines Traumes

Hätte mich das Mobiliar im Weißen Haus interessiert, hätte ich am Ende der Führung ein Buch darüber kaufen können, ebenso eines über die First Ladies. Darin hätte ich sogar die Wahl zwischen Leineneinband und Broschur gehabt. Die Amerikanerinnen kauften sie. Die Bücher gingen weg wie warme Semmeln. Ich sehe die nicht abbrechende Schlange Menschen von der Straße herauf, dann, wie sie sich die Treppe hinauf und von Raum zu Raum weiterschob. Ich weiß auch noch meinen Blick aus den Fenstern über den kahlen Park und den künstlichen See zum Lincoln Memorial hinüber. Ich hatte nicht sonderliche Lust auf eine Besichtigung gehabt, gemeint, zu touristisch, lackiert, postkartenhaft, die Fernsehübertragungen bei Staatsbesuchen dort reichten. Also wußte ich schon alles. Eine Laune sagte mir dann: los, sieh dir die Leute an, die dorthin pilgern. Als ich mich später von Zimmer zu Zimmer wie von einem Container in den nächsten Container schieben ließ, interessierten mich auch nicht mehr die Pilger, da war ich nur noch neugierig auf den Guard, der uns führte. Er war jung und rotblond, ein wenig dicklich, besorgt um die Kinder und Kleinen in der Gruppe, ehe er mit seinen Ausführungen begann, und er erzählte viel von sich. Er stammte aus irgendeinem Nest im Staate Ohio, und seine Mutter hatte ihn als Kind mit zu einem Besuch ins Weiße Haus genommen. Seitdem hatte er dort Guard werden wollen. Er grinste und setzte seine Hornbrille ab. Er hatte seinen Traum realisiert. Und er putzte die Brille ein wenig, hauchte sie an, fuhr mit einem Taschentuch über die Gläser und schwieg. Weshalb der doch ausgefallene Wunsch, fragte ich ihn. Oh, meinte er und setzte die Brille wieder auf, das Weiße Haus sei ja das Haus aller Häuser in den Vereinigten Staaten und hier zu arbeiten, heiße etwas, im übrigen aus einem bei ihm sehr ausgeprägten Sinn für Fairneß und Gerechtigkeit.

Ich begriff nicht, was er damit meinte.

Mir müsse doch aufgefallen sein, wie er die Kinder und Kleinen behandele, erwiderte er, ob ich's nicht gesehen hätte? Erst, wenn sie vorn an der roten Cordel stünden, wo sie etwas sehen könnten, fange er mit den Erklärungen an.

Hatte ich ihn mit meiner Frage gekränkt? Er sah mich etwas schulmeisternd an und nahm die Brille jetzt nicht ab. Ja, sagte ich, das sei mir aufgefallen. Ich hatte es für eine besondere Form der Rücksichtnahme gehalten, aber dabei nicht an eine grundsätzliche Entscheidung gedacht.

Stellen Sie sich vor, Sie pilgern nach Rom und verpassen den Petersdom, sagte er und wandte sich dabei ans ganze Auditorium. Da sind Sie doch todunglücklich und wollen nur noch weinen. Als ich als Kind hier zu Besuch war, habe ich nichts gesehen. Stellen Sie sich mal vor, was das heißt – für ein Kind: endlich hierzusein, in diesem Haus, von dem Sie soviel gehört haben, und dann nichts zu sehen. Die Erwachsenen versperrten mir den Blick. Ich versuchte, mich nach vorn zu drängen. Sie ließen mich nicht durch. Es war auch noch Winter: die dicken Mäntel. Und der Führer scherte sich einen Dreck um mich. Ich war das einzige Kind. Ich war so wütend auf alle, so nachhaltig wütend, daß ich mir damals schwor, wenn ich erst Führer im Weißen Haus bin – und ich schaffe das –, werde ich dafür sorgen, daß alle sehen, Kinder, Behinderte, kleine Leute, und erst, wenn ich sie vorn an der roten Cordel aufgestellt habe, fange ich mit meinem Vortrag an. Er grinste und nahm wieder die Brille ab und putzte sie und schwieg. Dann setzte er sie wieder auf und sagte: und jetzt mache ich es so.
Er erntete ein paar Lacher dafür.
Okay? sagte er. Dann zeigte er auf den Stuhl, auf dem Golda Meir gesessen hatte, als sie J. F. Kennedy besuchen gekommen war. Darf ich bitten, sagte er.
Weiter ging es.
Erzählen Sie Ihre Geschichte jedesmal, fragte ich.
Ja, sagte er, ich erzähle sie jeder Gruppe, die ich führe.
Er öffnete die Tür ins nächste Zimmer, das die Gruppe, die uns voraus war, auf der anderen Seite gerade verließ.
Gutes timing, dachte ich.

Er sagte: Ich bin leider der einzige hier, der es so macht. Meine Kollegen sind alle viel älter. Vielleicht liegt es daran. Sie sind von meiner Art noch immer nicht überzeugt. Wieder grinste er und wieder putzte er die Brille ein wenig und wieder erntete er für seine Bemerkungen Lacher.

Katzenjammer

Ho-Chi sitzt auf dem Fußboden und bewacht den Schrank. Könnte sie ihn rücken oder umstürzen. Wenn sie ihn bloß öffnen könnte. Ich bin das Tier oder der Engel, der ihr nicht hilft. Flehentliche Blicke, indignierte Blicke. Sie nimmt sich zusammen, krümmt den Rücken, alles eng beieinander: die Pfötchen, der Schwanz. Sie weiß nicht, daß sie jetzt aussieht wie eine Bettpfanne aus Kupfer, die man früher vor der Erfindung der Gummiwärmflaschen hatte. Sie wendet sich ab. Gelegentlich beißt sie mich in die Wade. Ein spitzer Zwack der Wohllust, der Gier, aus Ungeduld, mir zur Strafe. Aber nicht jetzt. Jetzt springt sie aufs Bord vom Küchenschrank und versucht, sich am Schlüssel zu kraulen, reibt ihr Kinn an seinem Kopf, tut ihm schön, wieder und wieder. Wie ich sie sonst kraule, überträgt sie jetzt ihm. Der Schlüssel läßt sich nicht verführen, bewegen. Er steckt. Auch er ist ein Tier, das nicht hilft. Neue flehentliche Blicke zu mir hin. Ihre Stimme klagt jetzt ganz tief. Verloren. Sie weiß, wo die Kekse sind, die mit Hühnerfleisch, mit Rindfleisch, mit Fisch und Fleisch. Trockenes Zeug. «Frisch» steht auf der Packung. Ich lasse sie sitzen. Schrankanbeterin, Keksanbeterin, verfressene Gurke, ich weiß es ja auch.

Ich gehe zurück zu meinen Geschichten, lese weiter. Sie kommt mir nach, stört, stupst mich sanft, setzt sich auf das Buch, in dem ich lese. Da fange ich an, ihr einen Vortrag zu halten. Ich sehe ihr tief in die Augen, die in der Sonne blau werden, von weißen Schleiern durchzogen. Jetzt, im Zimmerschatten, haben die geweiteten Pupillen das Blau-Weiß fast verdrängt, und ich spiegele mich in der blanken Schwärze, aus der sie mich sieht, und dann verschließt sich mich und verschließt mich wieder. Potsch, sage ich, versteh doch, nichts richtet sich gegen dich, du bist nicht vergessen, auch wenn ich lese. Aber du willst, daß ich unentwegt an dich denke und für dich da bin, wenn und solange du's willst. Ich weiß ja, Liebe mag sich nicht bremsen lassen, sie hält sich nicht auf mittlerer Temperatur, ausbreiten will sie sich, und muß sie loslassen, meint sie, daß sie selber tötet und an sich selber stirbt; eigensinnig, egoistisch, auch darin leer wie du. Wie du mich verschließt, habe ich dich in mir verschlossen. Im Augenblick ist mir jemand anderes vor Augen, jetzt füllt er meinen Blick – ein Freund, den ich verehrt, ängstlich und frei heraus bewundert, für die Dinge, die er schrieb, geliebt habe, auch wenn ich ihn manchmal nicht verstand. Jemand, der meinen Widerspruch ausreizte. Vorbild in vielem. Lösungen fanden wir nie. «Böse Träume». Als er starb vor einem Jahr, meinte ich, die Sonne gehe unter. Sie war untergegan-

gen, lange Zeit. Trauer, die stumm machte. Er sei tot – die Nachricht wollte mir nicht in den Kopf. Ich sperrte mich, machte aus «er» «alles» und «niemand» wie in der Fabel, die die Großmutter im Woyzeck vom Kind dieser Welt allen Kindern erzählt: «Alles tot und niemand mehr auf der Welt ... die Erd ein umgestürzter Hafen ... und wie's zur Sonn kam, war's ein verreckt' Sonneblum ... und war ganz allein und da hat sich's hingesetzt und geweint und da sitzt es noch und ist ganz allein ...»
Chronische Niereninsuffizienz seit Jahren.
Ich scheute mich zu denken, daß Tod für ihn eine Erlösung aus den Qualen war. Ich wollte nicht daran denken, scheute die Vorstellung, im Glauben, mit jeder zu töten. Da starb denn meine Liebe noch an mir.
Einen Monat später war ich über Australien nach Kalifornien gekommen und saß in der Wohnküche einer Universitätslehrerin, einer Deutschen, die in Long Beach gestrandet war – sie sagte: Man ist hier so weit ab vom Schuß. So vor sich hin wurde sie älter, froh, daß sie geschieden war. Sie machte Kaffee, und es war ein heißer, vor Sonne gleißender Tag. Am Tisch mit der karierten Decke sitzend hörte ich der dünnen, blonden Frau zu und sah auf die paar Bücher, die sie besaß, erstaunt, denn von Professorenwohnungen in Berlin oder Hamburg war ich anderes gewohnt: Regale, die bis zur Zimmerdecke reichten und voller Bücher waren; nicht mehr in die Regale passende Bücher, die am Fußboden gelegen hatten oder auf Stühlen gestapelt gewesen waren; eine Leiter, um sie an die Regale anzulegen, einen fahr-

baren Wagen, auf den man klettern konnte, um zu den Büchern in den obersten Regalen zu gelangen. Und sie hatte nur ihre neunzig Bände. Unseriös wollte ich das finden – für das Fach, in dem sie unterrichtete. Sie war ja keine Zahnärztin, sie lehrte deutsche Literatur. Aus dem «unseriös» wurde anderes: «Sie panzerte sich nicht.» Ihr Gehalt war klein, sie hatte wenige Studenten. Und dann ihr Satz: Man ist hier so weit ab vom Schuß. Ich sah auf die bunten mexikanischen Matten an der Wand und die anämische, wie ausgekotzt krankenhausgrüne Plastikbalustrade vorm Fenster – ein Viereck Gras darin, zu klein, um sich zu sonnen. Sie zeigte mir Ausschnitte aus der «Zeit». Es waren Rezensionen von Neuerscheinungen, die sie für sich und zur Information ihrer Studenten gesammelt hatte. In der Sammlung war ein langer Artikel über vier neue Romane, die Vater-Sohn- und Vater-Tochter-Probleme schilderten. Sie wollte wissen, als sie mir den Kaffee hinschob, ob ich die Bücher kennte, sie wollte wissen, und wieder entschuldigte sie sich, ob es sich lohne, alle oder nur ein oder zwei davon fürs German Department zu bestellen – die Prozedur sei umständlich und langwierig, nach Wochen erst wäre das Bücherpaket da, schneller gehe es, wenn einer der Kollegen nach Deutschland flöge, was ein- bis zweimal im Jahr vorkomme, und sie dort in einer Buchhandlung kaufe. Ich konnte ihr nicht antworten, denn ich hatte die Bücher nicht gelesen. Ich las den Artikel auch nicht. Als ich mich über ihn beugte, in der Absicht, ihn zu überfliegen, war mein Blick sofort auf ein Foto gefallen, das zu einem anderen Bericht im Stapel der

aufbewahrten Feuilletons gehörte. Sein Foto, Alfred Anderschs Foto; und der Bericht war ein Nachruf auf ihn.
Ich hatte keine Empfindung mehr dafür, daß ich in dem Zimmer saß, in dem die air condition ging, ich hörte der Frau nicht mehr zu, ich sah sie auch nicht mehr, in meinem Kopf stürzten Erinnerungsbilder übereinander, Zeit schichtete sich auf: Augenblicke, Stunden, Tage, in denen wir uns gesehen hatten – in Berlin, in Berzona in seinem Haus, das er klein genannt hatte.
Ich habe niemals begreifen können, wie er und «G.» – Gisela – sich in die Berge, ins Valle Onsernone zurückziehen konnten. Seine Erklärungen machten es mir nicht plausibler. Geliebter Unverstand? Ich war die Flachlandbewohnerin.
Häufig war mir in dem Haus Brechts Tao te King in den Sinn gekommen, und ich hatte mich gefühlt wie der Zöllner in dem Gedicht, und so war denn dieses Haus hoch oben im Tal die einzige Zoll- und Paßstation gewesen, die ich auf dem Weg nach Italien oder von Italien herauf, schon lange im voraus herbeigesehnt hatte. Traurig das Abschiednehmen.
Gespräche: gedrängt, präzis, ketzerisch und enthusiastisch, ernsthaft, sehr ernsthaft, manchmal geradezu pedantisch ernsthaft, aber nicht nur Kraft hatte in der Pedanterie dieser Ernsthaftigkeit gelegen, sondern auch großer (manchmal bis in höchste Verärgerung reizender) Zauber, und nichts bezog sich auf Unsinn. Etwas nur so eben an jemanden hinreden, das gab es nicht in diesem Haus.

Wir saßen in der Küche, im Wohnzimmer, auf der Terrasse mit Blick über das enge Tal, im Atelier, ganz egal, wo man saß, was zählte, war das Gespräch, und wir redeten über so vieles – Utopien, die Revolution, andere Schriftsteller und ihre Bücher, Luigi Nono und free jazz, über das Filmfestival in Locarno, über «Efraim» und «Hohe Breitengrade», Anderschs Begriff von der Freiheit als geographischem Ort, oder er insistierte, daß E. endlich wieder ein neues Buch schreiben sollte, oder er las vor – aus «Jesuskingdutschke», noch im Manuskript, und aus «Mein Verschwinden in Providence», ebenfalls im Manuskript, und später, als ich die Erzählungen gedruckt las, las ich sie mit dem Klang und den Betonungen und den Pausen, kurz: mit seiner Stimme im Ohr.

Bei einem Sechstagerennen konnte ich mir Alfred Andersch nicht vorstellen, auch nicht in einer Spielautomatenhalle, sehr wohl aber bei einem Pferderennen, nicht in Auteuil oder Longchamps, sondern in Ascot, angloman wie er war mit aristokratischen Elitevorstellungen, und hätte er nicht selbst ein Pferd laufen gehabt, so hätte er doch mit dem Gedanken gespielt, auch das nicht aus bloßem Snobismus, sondern weil er, denke ich mir, über einen in Traditionen verwurzelten Spieler hätte schreiben wollen, der gleichzeitig von ganz anderem angezogen war – für eine sozialistische oder Umwelt schützende Partei kandidierte, der er auch noch die Wahlplakate entwarf.

In seinen Romanen hatten mich mehr die Frauen als die Männer interessiert. Sie hatten etwas Verletzliches,

Aufrührerisches, Verwegenes – und sie gingen ihre Wege. Junge Frauen. Sie verkörperten Neinsagen, Flucht, Entschiedenheit, Träume – und Zukunft weit über den Schlußpunkt auf der letzten Seite hinaus. Vorstellbar sogar eine Frau mit einem Revolver in der Hand. Eine Frau, die schießt. Eine Frau, die schoß. Eine Frau, die geschossen hatte.
Wiederholt hatte er E. und mich gefragt, ob wir nicht heiraten wollten. Es hatte lange Gespräche darüber gegeben; andere über den Reiz, der darin lag, wenn junge Frauen mit sehr viel älteren Männern lebten, und das Risiko, die Zerstörung, falls diese Frauen diese Männer verließen.
Zuletzt, in Zürich, als er schon so krank war, hatten wir nur noch miteinander telefoniert, uns verabredet in ein Café, aber er war zu der Verabredung nicht mehr gekommen, zu matt nach der Bluttransfusion, zu deprimiert, «im Loch».
Dieser Kopf mit den kurzen, grauen Haaren, dieses schöne, so freundliche Gesicht, in das ich mich, so weit weg von allen Treffpunkten in einem Winkel Kaliforniens wieder ver-sah. Stumm. Ich wollte es nur angucken und nichts dabei denken, was sich in Wörter fassen ließ ... Den Nachruf in der «Zeit» kannte ich. Noch vor meiner Abreise aus Berlin hatte ich ihn gelesen und ihn als einen Nachwurf empfunden, empört, verletzt, und dabei an Verrichtungen gedacht, wie sie aus Metzgerläden bekannt sind: Kleinschlachtungen im nachhinein. Stückware wird hergestellt, es wird zerhauen und zerhackt, und was nicht mundgerecht ist und leicht verdau-

lich, kommt in den Abfall. Ich fuhr mir mit der Hand über die Augen, und dann starrte ich auf den Eukalyptus hinter der krankenhausgrünen Plastikbalustrade. Mrs. Dungan sollte nicht sehen, daß ich weinte.
Sehr früh am nächsten Morgen fuhr sie mich nach L. A. zum Flugplatz. Es war eine anderthalbstündige Fahrt durch die Zukunft. Rechts vom Freeway lag das Gerücht (das Meer) hinter einer nicht abreißenden Kette von Raffinerien verborgen. «Strand» lag dahinter, und es gab Leute, die badeten auch dort, wie mir Mrs. Dungan erklärte. Aus den Türmen stießen die Flammen in den Himmel, dort, wo er an dem Morgen noch klar war, darunter breitete sich längst beißende graue Luft aus, die die Atemwege reizte. Diese Landschaft aus Stahl und Beton mit den Stichflammen darin war von einer Gewaltsamkeit, daß ich mich hilflos fragte: Was soll gegen diese übermächtige Neue Welt noch Haut, Nähe, ein Blatt, der Tod eines Menschen, Leben, Zerfall. Und auf der anderen Seite der Fernstraße, landeinwärts, lag eine ähnliche Wüste: sperrholzartig, flache Häuser von der Farbe der Mondasche, die Tankstellen, LKWs und Caravans von der Farbe der Mondasche, Bäume dazwischen: Palmen und Eukalypten von der Farbe der Mondasche, und diese Wüste erstreckte sich bis an den flimmernden Horizont, manchmal unter uns, wenn die Fernstraße über die Behausungen hinweggeführt war. Vier-, fünf- und sechsreihig fuhren die Autos nebeneinander. Niemand raste und übertrat die Geschwindigkeitsbegrenzungen. Helikopter kontrollierten aus der Luft. Gezähmter Westen.

Daß mir Alfred Andersch gerade hier begegnete, war genauso absurd wie vom Zufall im richtigen Moment inszeniert. Da war ein Gesicht, und es stimmte mich für eine Weile heiter, genauer: zuversichtlich. Ich spürte wieder meine Haut.
Und jetzt lese ich «Böse Träume», seine letzten autobiographischen Notizen. Splitter, Unvollendetes, Gedanken über neue Pläne. Der Wunsch, nach Jefferson, das es nicht gibt, oder nach New Albany, Mississippi, zu fahren und über Faulkner zu schreiben. «Wenn ich nur schon mit diesen verdammten Aufzeichnungen fertig wäre! Reisen ist viel schöner als Schreiben! Falls ich es in diesem Leben nicht mehr schaffe, nach New Albany zu kommen, wird es mir in einem anderen gelingen. (Dafür, daß es Seelenwanderung gibt, werde ich im nächsten Kapitel dieses Buches, das kein Buch ist, den Beweis liefern.)»
Seine Unruhe machte mich ruhig. Sie machte mich mir deutlich, und ich war dankbar dafür: Ich konnte wieder atmen, weiteratmen, gelassen. Wie lange?
Ho-Chi springt jetzt mit steifen Beinen herum, der Schwanz mit einemmal fast so dick wie der eines Fuchses, und sie klagt tief: Dschungellaute; die Augen: umnachtet, verbiestert. Unter verspannten Hopsern geht es nun ab in die Küche, und weil der Schrank sich nicht öffnet (wie soll sie es verstehen) und ich auch die Unrichtige bin, läßt sie sich zu dem einen herab, das gefüllt ist: ihrem Wasserschälchen. Sie trinkt.

Sgraffito

Die Bäume stehen über dem Land. Die Fische fliegen. Vor Kopernikus und Galilei glaubte jedermann, die Sonne drehe sich um die Erde. Hatte sich alle Welt geirrt? Er sagt: Wir sind die Bäume, und ihr seid die Blumen. Ich sage, aber es heißt: *die* Buche, *die* Birke, *die* Linde. Er sagt ja, und *der* Blum. Ich sage: Und du hast mir erzählt, deine Mutter habe nicht gewußt, was sie in einem zweiten Leben sein wollte: Birke oder Kuh. Kuh, weil Kuh für sie der Inbegriff von Ruhe und träger Gelassenheit war, ihr ganzes Gegenteil, und Birke, weil der Baum ihr eine unsäglich schlanke und biegsame Jungfräulichkeit darstellte. Die Mutter war pummelig und klein. Ich überlege, wie es wäre: eine pummelige, pralle Birke und eine zappelige Kuh, die es nicht schafft, die Hände in den Schoß zu legen, weil sie es nicht aushielte, nichts zu tun.

Ich sehe meine Eltern in einem Traum weißköpfig, in gepuderten friederizianischen Zöpfen. In einem zweiten begegne ich meinem Vater in einem Schneetreiben: rotäugig, eingewickelt in Schnee, überschüttet, verschüttet, wegkippend unter Schneewänden. War es mein Bruder, der mir so starrend und weiß abhanden kam. Weiß, dieser ewige Winter. Er sagt: *der* Blum. Und er war nicht mein Bruder.

Ottje Laasen

Ich war seit langer Zeit wieder zu Besuch zu Hause und fuhr mit Ludwig und seiner Freundin überland, und so herumfahrend – es war im November – mit dem Blick auf das Land, das sich, von Knicks durchzogen, sanft wellt und Ludwig gehört, und die Felder, längst abgeerntet die meisten, nur die Rüben noch nicht, und wo Mais angepflanzt war, standen noch die strohigen Stauden – kamen wir an einer Sandkuhle vorbei, die den Schützen der Ortsvereine als Tontaubenstand dient. Schon mein Vater schoß dort. Ein Holzverschlag steht neuerdings am Rand. Riesige Baumstubben dienen als Sitz- und Tischplätze: grob und roh das Ganze, bunkerartig, ohne vierte Wand. Ein grüner Polizeiwagen stand davor und ein Wagen der Kripo, und als wir hielten, sah ich: Im Kies zwischen den Stubben saß ein Mann. Er trug eine amerikanische Armeejacke. Ich sah den Rükken, den Hinterkopf, die Haare, die sich in einem Wirbel teilten, naß und geringelt, als hätte der Mann im Wasser gelegen oder jemand ihm Wasser über den Kopf gegossen. Die Arme waren steif, halb angewinkelt, die rechte Hand erhoben. Die Finger hielten, was ihnen längst entfallen war. Er schien jung zu sein. Und er war langbeinig und dünn.

Ludwig drehte die Fensterscheibe seines alten grünen VWs herunter und fragte den Polizisten, was er und sein Kollege hier an der Kuhle täten und was mit dem Mann im Verschlag los sei. Der Polizist wollte keine Auskunft geben. Jeder konnte fragen, anhalten, die Fensterscheibe herunterkurbeln und fragen. Er war ein junger, blonder Mann mit einem runden Gesicht, dessen Haut zart war, und er hatte Fischaugen. Er fragte: Und wer sind Sie?

Ludwig gab sich als der Besitzer des Geländes aus, während er mit der Rechten aufs Steuerrad trommelte, dann machte er den Motor aus. Der Polizist musterte ihn dabei, danach erklärte er lockerer, freimütig. Der Kripobeamte streifte sich nur weiter die Handschuhe über. Er wollte den Toten untersuchen.

Die beiden Beamten waren kurze Zeit vor uns angekommen.

Mord? Das war noch nicht heraus. Es war nicht ausgeschlossen. Trotzdem, sagte dann der Polizist in breitem Holsteinisch, und achselzuckend meinte er: kaum. Vielleicht haben sie sich geschlagen.

Sie? Wer? Wie viele?

Ich sah wieder zu dem Mann hin, der im Schuppen saß. Jetzt sah ich ein paar Blutspritzer am unteren Rand der grünen Jacke.

Sie waren zu dritt gewesen. Der Polizist sagte: Zwei Brüder, Ottje Laasen und Gustav Laasen, der dritte war ein Bauernsohn, Willi Wilkens.

Laasen, sagte Ludwig schnell, das ist der Maurer in Klippnüchel, seine beiden Söhne?

Der Polizist nickte.

Der Maurer trank, und seine Frau trank auch. Die beiden Laasens und Wilkens zogen seit Jahren zusammen herum. Gelegentlich hätte einer von ihnen gearbeitet, um über die nächsten Bier- und Kömrunden zu kommen, das habe man ihnen in Klippnüchel gesagt. Und gestern abend waren die drei zur Kuhle gekommen, sie hatten im Holzverschlag getrunken. Die beiden anderen hatten es in der Nacht besoffen doch noch nach Hause geschafft. Er blieb sitzen, sagte der Polizist. Mit dem Kopf machte er dabei eine Bewegung über die Schulter in Richtung des Toten. Erfroren ist er wohl nicht. Ausgekühlt vielleicht. Es gab noch keine Frostnächte. Es war erst Mitte November. Es regnete nur jeden Tag.

Der Polizist versuchte sich ein Bild vom Hergang zu machen. Der Rausch, sagte er, die Auskühlung. Aber er setzte nicht hinzu: Das hat gereicht. Es stand nur in seinem Blick.

Die beiden anderen hatten sich, gegen Mittag wieder nüchtern, nach ihrem Kumpan auf den Weg gemacht. Sie waren wieder an die Kuhle gekommen. Da hatten sie ihn gefunden, wie er jetzt noch saß. Daraufhin hatten sie die Anzeige gemacht.

Verwirrt hörte ich dem Polizisten zu. Anders als er reagierte ich mit Mitleid, Wut; Wut auf den Holzverschlag (möglicherweise wäre Ottje Laasen noch am Leben, wenn man den Schuppen nicht an die Kuhle gesetzt hätte), Wut auf den Toten, weil er auf dem Gelände meines Bruders gestorben war, und ich übertrug die Wut auf ihn, dann auf mich, schließlich wieder auf den Toten.

Die Kuhle lag sehr einsam. Das Dorf, in dem das Trio wohnte, war einen Kilometer weit entfernt. Kein Haus in der Umgebung, Felder und Waldstücke, angrenzend nur, einen Steinwurf entfernt, eine große Müllhalde. Abends fuhren die Mülltransporter nicht mehr. Es waren schwere orangenfarbene Wagen, die den Abfall aus dem Landkreis hierher brachten. Tagsüber waren sie auf den Straßen, die zum Müllplatz führten, wie die Spinnen unterwegs.

Ehe wir an die Kuhle gekommen waren, hatten wir an dem mit Plastiktüten und Papier bespießten Haldenzaun gehalten. Der Wind hatte das Zeug daran geweht, und wir hatten durch ein Fernglas auf diese neue Stadt- oder neue Feld- oder Kreisdreckswirtschaft geschaut. Man steht so da – überwältigt angesichts dieses ludernden, fressenden Feldes. Ich hielt den Wechsel nicht aus. Gerade vorher hatte sich meine Phantasie an einem Knick begeistert, der jetzt voller gelb gefärbter Haselnußsträucher war, und davor an einer rostbraunen, noch ganz belaubten Eiche im schwarzen, nassen Acker, darüber der Himmel, der weit war, wenn auch grau, und ich hatte das alles zum Merken schön gefunden, und es hatte mich friedlich und ausgeglichen gemacht. Die Halde machte das rückgängig. Ich hatte lange auf ein an den Knick mit den gelben Buckeln darin angrenzendes Rübenfeld geblickt, auf das Grün, das Schwarzbraun, und überlegt, seit wann ich das nicht mehr gesehen hatte. Die Halde hob auch darin alle Wichtigkeit auf. Durch sie, durch den Wechsel, wurde alles Vorherige zum Klischee: anachronistisch, langweiligste Natur, in der Gleiches auf Gleiches folgt. Und ich hatte die Verwirrung nicht begriffen. Wieso war nicht auch die Halde Natur, eine andere, heutige? Wir hatten an dem Zaun gestanden und auf die Schüttladungen Inventar geschaut: Sofas, Stühle, Fahrräder. Kakelbunte Verpak-

kungen, aufgeweichte Pappkartons, Plastik, und darüber – stolzierend, flatternd, böse schreiend, pickend – Scharen von Möwen. Und es hatte gestunken. Es hatte so gestunken, daß ich lachen mußte. Nimm dich zusammen, hatte Ludwig zu mir gesagt. Dann hatte er mir die Selbstschußanlage gezeigt gegen die Möwen.
Und jetzt der Tote.
Ich hatte Ottje Laasen nur einmal gesehen: ein Kind, gleich groß wie ich, das glatte Haar, das sich am Hinterkopf in einem Wirbel teilte, schweißverklebt. Damals hatte er seinem Vater, der sich ein Haus im Dorf baute, Dachpfannen aufs Gerüst gereicht.
Wir schwiegen, als wir weiterfuhren. Wir fuhren zum Förster. Ludwig fragte ihn über Ottje Laasen aus, und ich erzählte ihm die Geschichte von der Sandkuhle. Der Förster war weder bestürzt noch betäubt. Er suchte auch nach nichts. Er reagierte frisch. Er hatte Ottje Laasen gekannt. Nicht schade drum, sagte er tröstend, wieder einer weniger von diesen Arbeitslosen, Trinkern. Mit dem war nichts mehr anzustellen, der war nichts wert, der war seit Jahren hin. Der Vater soff, die Mutter soff, dann verkauften sie das Haus einem Bauern im Dorf und zogen in die Stadt – erst ein paar Monate her, daß sie weg sind – und die beiden Brüder blieben oben im Dachstuhl wohnen, bis jetzt, ohne Küche, nur die Flaschen. Ottje Laasen, vierunddreißig war er, fünfunddreißig. Nichts, kein Saft drin. Mit dem war nun mal nichts los. Und die anderen, der Bruder und dieser Wilkens, naja, es wäre besser, wenn sie, aber …
Das Gespräch ging auf die Hirsche über. Die Brunftzeit

war gerade vorbei, und der Förster strahlte übers apfelbackige, knackige, rosige Gesicht, als er nun von den Hirschen redete. Er liebte sie, kannte jedes Tier. Die rosa Äuglein blitzten. Zwei Hirsche hatte er geschossen. Er zeigte uns die Fotos, Abschußhirsche, sagte er, einer von ihnen hatte nur noch eine Schaufel gehabt. Dann zeigte er Fotos, die er von einem Hirsch gemacht hatte, der im Straßengraben gesessen hatte. Er sagte, er habe ihn zuerst für verendet gehalten. Er war zu dem Hirsch herangegangen. Erst da hatte er entdeckt, daß der Hirsch nur kollabierte. Ein rückbildender, an die fünfzehn, sechzehn Jahre alter Hirsch mit nichts mehr auf dem Kopf. Der Förster war nach Hause gefahren und hatte den Tierarzt angerufen. Der Tierarzt sollte dem Tier eine Spritze zur Herz- und Kreislaufstützung geben. Er konnte aber nicht gleich kommen. Dann war es nicht mehr nötig gewesen. Als der Förster an die Stelle zurückkam, an der er den Hirsch mit glasigem Blick im Graben hatte sitzen sehen, war er nicht mehr da gewesen. Das Tier hatte den Kollaps aus eigener Kraft überwunden und war davongestakst. Aus eigener Kraft, sagte der Förster begeistert, und sein Gesicht glühte, auch vom Schnaps, den wir tranken. Aus eigener Kraft! Prost auf den Hirsch, sagte er und trank aus.

Es war das erste Mal, daß er den Zusammenbruch eines Tiers erlebt hatte.

Dieser alte Sack, sagte er, tut so, als wäre er hin, läßt mich an sich heran, und dann steht er einfach auf und haut ab, weg ist er. Also Prost auf den Hirsch.

Und Prost auf den Maurersohn, den Säufer, den Ar-

beitslosen. Den lebenden oder den toten? Egal, den mißratenen, mißraten sind sie beide, und Prost auf dich, Prost auf mich.
Aber so einfach ging es nicht. Geschichten haben Vorgeschichten. Sie fallen nicht vom Himmel. Sie staksten auch nicht davon wie der Opa Hirsch. Ihn hatte ich mir angeguckt, auf den Bildern. Ich wußte jetzt, was das war: ein glasiger, totmatter, blickloser Blick.
Ottje Laasen hatte ich in dem Holzverschlag nur von hinten gesehen. Hätte ich ihm in die Augen gucken wollen? Habe ich mich nur nicht getraut? Mir war es gar nicht eingefallen, als wir im Auto bei dem Schuppen hielten. Aus einem Toten einen Lebendigen machen, einen unbekannten Toten in einen bekannten verwandeln, wollte ich das? Oder das: je mehr ich von ihm weiß, desto eher sehe ich sein Gesicht? Projektionen. Ich glaube, ich wollte wissen, wie einer, der so alt war wie ich, in einer Gegend gelebt hatte, in der ich nur aufgewachsen war. Und das nur, weil er jetzt tot war. Nein, dachte ich dann, das stimmt nicht, es kam etwas dazu, das viel deutlicher mit mir zusammenhing. Was der Förster gesagt hatte, bohrte weiter in meinem Ohr: Ottje Laasen, vierunddreißig war er, fünfunddreißig. Nichts, kein Saft drin. Mit dem war nichts los. Und mir war es vorgekommen, als hätten diese Worte lässig auch mein Todesurteil ausgesprochen.
Ich fragte Ludwigs Köchin, die aus Klippnüchel stammte. Oh, sagte sie, Ottje. Sie hatte ihn gekannt. Er hatte ihrem Haus schräg gegenüber gewohnt. Sie sagte: Der hat sich sowieso immer aufhängen wollen. Seit wann

wußte sie nicht zu sagen. Nur, daß er oft mit dem Strick in der Hand durchs Dorf gegangen war, auf dem Weg zu dem kleinen Waldstück nahebei. Jedesmal der Vorsatz: jetzt und jetzt, also diesmal. Keiner, der ihn hatte weggehen sehen, hatte ihm geglaubt. Alle hatten sie ihn hochgenommen, ihm: du kommst ja doch zurück, nachgerufen, sie, die Köchin auch. Und er kam auch zurück. Er kam ja jedesmal zurück.
Weiterfragen? Sinnlos. Da hätte sie mir ja Auskunft über meine verworrensten Gefühle geben müssen, und wie konnte sie das, wie konnte sie wissen, welchen Punkt ihre Erzählung von Ottje Laasens Selbstmordabsichten bei mir berührt hatte – meine Versuche, mir das Leben zu nehmen. Was sah ich jetzt? Mehr? Sah ich jetzt sein Gesicht? Die Dorfstraße sah ich, die alten Fachwerkkaten, die Vorgärten. Ich sah am Dorfende den Weg, der an einer Koppel vorbei zu dem Wäldchen führte – mir fiel jetzt auch ein, daß es Krähenholz hieß – und Ottje Laasen sah ich – vom Gefühl her war er mir jetzt ganz nah und das Gefühl blieb, es begleitete ihn – ich sah ihn auf der mit Katzenköpfen gepflasterten Dorfstraße und auf dem grasüberwachsenen Weg zum Wäldchen hinauf gehen, im grünen Parker, dürr, langhaarig, langbeinig. Ich sah ihn weggehen, ich sah den Tampen in seiner Hand, aber wenn ich ihn mir auf mich zukommend vorzustellen versuchte, so hatte oder bekam er kein Gesicht. Da sah ich wieder die nassen, geringelten Haare, die ich an ihm gesehen hatte, als er schon tot war, auf dem Boden im Holzverschlag zwischen den klotzigen Baumstubben sitzend.

Glücksspiel

Eine Kindheitserinnerung: einmal jährlich im Spätsommer veranstaltete meine Mutter ein Rotkreuzfest. Sie war die Vorsitzende des örtlichen Vereins, und das Geld, das das Fest einbrachte, war für gemeinnützige Zwecke bestimmt. Die Gemeinde bestand aus zwölf Dörfern. Man konnte Pony reiten, allerlei Glücksspiele machen, Würstchen essen, Eis, Zuckerwatte, Kuchen essen, und es gab Kaffee und Limonade. Als besondere Attraktion war in einem Jahr Uwe Seeler eingeladen, in einem anderen Max Schmeling, in einem weiteren Barbara Valentin, und einmal kam auch der Seeteufel, Graf Luckner, der Telefonbücher zerriß und Fünfmarkstücke krumm bog. Abends wurde in einem mit Eichenlaub, Blumen und bunten Lampions ausgeschmückten Maschinenschuppen getanzt. Jedesmal gab es eine große Tombola. Einmal war ein Spanferkel der Hauptgewinn. Mein Vater fand es lustig, daß ich den Namen des Gewinners zöge. Ich war acht Jahre alt, hatte einen Korb in der Hand, worin die Zettel mit den Nummern lagen. Mein Vater setzte mich auf den Käfig, so saß ich auf dem Schwein, und der Käfig stand mitten auf dem Rasen im Park, und eine große Menge Menschen umstanden mich und warteten gespannt, welchen Zettel ich ziehen würde. Ich sah sie an und schämte mich. Selbst wenn mein Vater mich zur Königin dieses Nachmittags gemacht hatte oder hätte machen wollen – das Schwein und ich gehörten plötzlich zusammen. Mein Vater hatte uns vereinigt. Das blieb mir hängen. Wenn heute je-

mand sagt: Oh, welch köstliche Schweinerei, oder er habe Lust auf diese (eine) kleine pikante furchtbar leckere verbotene Schweinerei, fange ich an, mit den Augen zu rollen – die Erinnerung an damals taucht auf. Vor einer Woche ging ich in eins der Museen dieser Stadt. Ich ging in die Antikenabteilung. Da sah ich eine kleine Votiv-Figur aus Süditalien: eine Frau auf einem Schwein. Sie hieß Baubo, war nackt dargestellt, saß mit gespreizten Beinen, in einer Hand hielt sie ein Musikinstrument, die andere Hand spielte am hochgehobenen Fuß, den anderen Fuß stützte sie auf das Ohr des Schweins. Baubo gehört zum Demeterkult, das Schwein war das Opfertier, dessen Vorgängerin sie, Baubo, vielleicht sogar selber einmal gewesen war. Schweineopfer, lernte ich, sollten die Fruchtbarkeit sichern, aber ich dachte: Frau zu verschenken, Schwein zu verschenken, Glück zu verschenken, Geld zu verschenken, entscheide dich, wähle oder hör auf, dich zu erinnern, was du nicht kannst.
Ein Traum fiel mir ein.
Ich kenne mich mit Spielregeln in Träumen nicht aus, nicht einmal in meinen eigenen Träumen. Trotzdem haben die Bildergeschichten ihre Ordnung, sie ist chaotisch, spannend, auch in der Spannung ganz unordentlich. Ich notierte so einen Traum. Die Auslegung will ich nicht geben, sie brächte Logik ins Spiel, wo keine Logik herrscht. Was nützte es, wenn ich erklärte, daß der Schuppen im folgenden der Maschinenschuppen ist (sein soll), in dem früher die Rotkreuzfeste gefeiert wurden und vor kurzem die Hochzeit meines Bruders, weil er sie aus Personalgründen nicht in den Sälen und

Salons des Schlosses, das er bewohnt, feiern wollte. Keine Erklärung beschriebe das Traumspiel. Im übrigen ist der Traum viel älter. Er liegt vier Jahre zurück, und seine eigene Erzählung spielt sich im Zeitlosen ab. Aus fünf grell hängenden Glühbirnen werden fünf grell hängende Kronleuchter, aus den Kronleuchtern fünf grelle Glühbirnen, aus den Birnen wieder fünf grelle Leuchter – in einem Schuppen. Und fixiere ich den Schuppen, wird der Schuppen ein Salon, und der Salon, fixiere ich den Salon, eine Halle, und die Halle, fixiere ich die Halle, ein in die Schwärze absaufender Saal, und der Saal verwandelt sich wieder in den Schuppen. Er ist vollgedrängt mit Menschen, lichtlos von ihrem Gedränge, ich sehe nur Köpfe. Es soll gegessen werden, es ist zu Tisch gebeten, jeder Herr wählt eine Dame. Ein junger blonder, mir unbekannter Mann stürzt auf mich zu, hinter mir steht C., mit dem ich, wenn es nach mir ginge, jetzt gern am Tisch sitzen würde, aber C. ist zu spät. Der Blonde schwenkt mich – nicht an den Tisch, sondern zum Tanz. Mir fällt nicht ein, daß ich den Tanz verweigern und zu C. hinwechseln könnte. C. steht da, wortlos, sieht zu mir hin, bis er auch nach einer Tänzerin greift und tanzt. Er fixiert mich über die Schulter der Frau. Nach dem Tanz gehen die Paare mäandernd in die Tiefe des Schuppens. Er ist so endlos, daß er keine Rückwand hat. In die Endlosigkeit ist ein Buffet gebaut – auf vier langen Tischen, die zu einem Rechteck gerückt sind. In dem Rechteck stehen Frauen. Hinter jedem Tisch, hinter jeder Speise eine Frau. Waschfrauen, Putzfrauen, Melkerinnen, Köchinnen, Arbeiterfrauen, rundlich in geblümten Kleidern, weißen Schürzen, aus dem Dorf. Zehn, zwanzig, dreißig – sechzig, siebzig, ich weiß nicht wie viele Frauen. Hinter jedem Teller eine Frau, hinter jeder Platte eine Frau, hinter jeder Terrine, Sauciere, hinter jedem Schälchen, Salzfaß, Pfeffersäckchen, hinter jedem Brot, hinter jedem Brötchen, hinter jedem kalten Schnitzel, hinter jeder Suppe, die Suppe ist als Sauce ausgegeben, das Schnitzel eine fleischlose Attrappe, hinter jeder Pastete, hinter jedem Radieschen eine Frau, und stumm verfolgen die Frauen, die Hände auf dem Rücken, wer sich vom Radieschen nimmt und wer von der Sauce, wer vom Käse, wer vom Butterkügelchen, auch wie schnell und wieviel; wie Statuen stehen die Frauen hinter der Speise.

Wendung.

Ich war im Frühjahr in Houston/Texas und sah mir in der University of Houston Judy Chicagos Dinner Party an. Als ich zuerst davon hörte (in St. Louis während eines Germanistenkongresses, bei dem mir eine junge Frau, die aus Houston stammte, vorschlug, daß sie, falls ich in Houston Lust dazu hätte, mit mir zu der Dinner Party gehen wolle), hatte ich geglaubt, die Amerikanerin werde mich tatsächlich auf eine Party mitnehmen, und ich hatte mir etwas in der Art einer alltäglichen performance von Feministinnen in Judy Chicagos Anwesenheit vorgestellt. Was sich schließlich als Dinner Party herausstellte, war ein großer, dreieckiger Tisch, an dem für 39 Frauen gedeckt war; 13 an jeder Seite, und jede Seite war 14 Meter lang. Der Tisch stand auf einem Kachelboden, in den die Namen weiterer 999 Frauen eingebrannt waren. Es war ein Kunstwerk, das auf unübliche Weise die weibliche Präsenz in der westlichen Zivilisation zelebrierte, und ironischerweise benutzte es gerade die von Frauen ausgeübten Künste dazu – die oder das Kunstgewerbe. Fünf Jahre lang hatte Judy Chicago erst allein, dann mit einem Team von vierhundert Frauen und Männern daran gearbeitet. Ich fand mich nicht gleich zurecht. Dann sagte ich mir, sie haben das Klischee oder die Spielregel «Kunstgewerbe» aufgegriffen, aber nicht um sie beiseite zu schieben oder zu streichen, sondern neu auszufüllen, sieh dir das an. Der Tisch stand in einem großen Raum, der leer und auch dunkel war. Nur der Tisch war ausgeleuchtet. Von der Decke herab fiel auf jedes der Gedecke ein spotlight, und die Teller unterschieden sich alle hinsichtlich ihrer Keramik, der Farben, der Formen, der Symbole des Weiblichen. Sie waren plastisch, und von den wenigsten wäre zu essen gewesen, es sei denn, man hätte aus Knospen, weit etalierten Blüten, Vaginanachbildungen und von Schmetterlingsflügeln speisen wollen. Es gab eine Aufwärtsbewegung in den Tellern, der Zeit und Bedeutung der Frau entsprechend, die sie repräsentierten, aber es gab auch symbolhafte Abwärtsbewegungen. Neben jedem Teller stand ein Kelch. Auch die Decken, auf denen sie standen, waren Kunstwerke, sie unterschieden sich alle in der Art der Stoffe (hauptsächlich Leinen und Seiden), der Stickereien, Webarten und Muster, und die Lichtregie gab dem Ganzen etwas sehr Feierlich-Rituelles. Die Namen der zu Tisch und an ihren Platz gebetenen Frauen waren gestickt auf den Decken zu lesen, und sie reichten von der Urgöttin über Ischtar, Kali, Hatschepsut, Judith, Sappho, Hildegard von Bingen, Christine de Pisan, Elizabeth I., Anna van Schurman, Anne Hutchinson, Caroline Herschel, May Wollstonecraft, Elizabeth Blackwell, Nathalie Barney zu Virginia Woolf und Georgia O'Keffee. Es war eine Feier, eine Beschwörung, ein Herbeizitat der 39 Frauen mittels der Phantasie, nicht dem Abendmahl in seinen zahllosen Darstellungen zu vergleichen, obgleich die Idee zur Dinner Party aus einer Analogie zum Last Supper entstanden war. In eine Art surrealer Wahrnehmung sah ich plötzlich die 39 Frauen hinter ihren Gedecken, meine Augen wiesen sie um das große, hell erleuchtete Dreieck des Tisches ein, und die mir bekannten Frauen zog ich an: Hatschepsut stand da mit Doppelkrone und einem durchsichtigen Kleid wie ein gewebter Wind, Elizabeth I. hochgeschlossen mit Halskrause, Hildegard von Bingen, Virginia Woolf in Schwarz, Georgia O'Keffee, die wie eine Dörflerin aussah, und als ich die Phantasie weiterspielte, fiel mir die Maschinenhalle wieder ein, in der die Frauen hinter den Radieschen, Butterkugeln, Trüffeln und Ananas gewacht hatten.

Gott

Anfangs sprach mir meine Mutter das Vaterunser vor, und ich saß dabei im Bett mit gefalteten Händen. Meine Mutter hatte mir die Hände zusammengefaltet, und sie betete mir vor, bis ich das Gebet auswendig wußte. Schlechtes Gewissen, wenn ich allein und vorm Schlafen schon mal zu beten vergaß. Angst, eine Autorität, Gott oder die Mutter, zu erzürnen. Später, in der Kirche, stand ich beim Gebet wie die Erwachsenen, und ich legte die Hände bloß übereinander. Das schaute ich meinem Vater ab, und ich fühlte mich wachsen. Auch die Kopfhaltung schaute ich ihm ab und fühlte mich wieder wachsen. Er senkte den Kopf nicht immer, häufig stand er mit erhobenem Kopf da und sah zum Altar hinüber, vor dem der Pastor stand. Wenn der Pastor sich mit erhobenen Händen zur Aussegnung umdrehte, senkte ich den Kopf wieder, schrumpfte aus den sechsunddreißig oder achtunddreißig Jahren meines Vaters auf meine acht oder zehn zurück, und ich schielte nur mehr von unten herauf, neugierig, ob mein Blick den Blick des Pastors fing, und ich studierte seine Handbewegungen, bevor er das Kreuz schlug und während er es schlug und danach – war es feierlich genug, war es ernsthaft genug, glaubte er oder mogelte er uns nur etwas vor. Als ich noch ein wenig älter war, schielte ich nicht mehr von unten herauf zu ihm hin. Ich sah ihn an, und ich merkte, daß mein Blick ihn irritierte. Inzwischen hatten Spiele begonnen, die den Blick zum Altar hin erweiterten. Auf der Suche nach etwas Neuem, das mich spannte, sah ich zu den bunten Kirchenfenstern im Chor hinauf. Ein Fenster faszinierte mich besonders. Es war das des Apostels Matthäus, aber nicht der Heilige zog mich an, sondern sein Emblem, der Adler. Ich stellte fest, daß durch seinen Schnabel das Tageslicht

hereinkam. Das bunte Glasstückchen fehlte dort. Da ging es hinaus. Und ich rätselte oder ich spielte durch das Loch mit dem Wetter. Manchmal fing sich die Sonne blitzend an dem Scherben, manchmal zog eine Wolke durch das Loch oder nur graues Tageslicht kam herein, und wenn es düster wurde, mußte ich das Loch regelrecht suchen. Ablenkungen, Abschweifungen, Alleinunterhaltung; mit der Zeit ließ die Attraktion nach. Das Wetter war nicht mehr interessant. Ich wartete, daß der Gottesdienst vorüber wäre. Ich war ja von meinen Eltern mitgenommen. Ich war nicht freiwillig dort. Eine meiner Schwestern strickte verstohlen, eine andere las in einem kleinen Buch, selbst jemand wie meine Großtante, die freiwillig in den Gottesdienst gegangen war, schweifte häufig ab, und das nicht stumm, sondern ausbrechend, laut redend. Ich erinnere mich, daß sie einmal während der Karfreitagspredigt – Christus war gerade in die Hölle gefahren – mir entsetzt aufs Knie schlug und rief: Mein Gott, der Teekessel, ich habe den Kocher nicht ausgemacht. Als wir alle im Haus zurück waren, sah sie die Bescherung. Die Flammen waren die Gardine hinaufgezüngelt. Eine Frau, die mit im Haus wohnte, hatte den Brand gelöscht.
Mit den Kerzen vom Weihnachtsbaum spielte ich ein Zeitspiel. Ich hatte keine Uhr. Es brauchte ein paar Jahre mehr, bis auch dieses Spiel mich langweilte. Kein Wunder – Weihnachten gab es nur einmal im Jahr. Wenn die Kerzen heruntergebrannt waren, wußte ich: jetzt dauert es noch zehn Minuten, dann ist die Kirche aus. Die Kerzenmarke änderte sich in all den Jahren

nicht. Die Kerzen blieben gleich dick, gleich hoch, nur die Farbe wechselte von weiß auf honiggelb. Im Religionsunterricht spielte ich die Lehrerin mit passenden Antworten aus, bis sie an mir verzweifelte und anfing, mir anonyme Briefe zu schreiben. Abfragbarer Glaube war für mich ein Appell an mein Kombinationsvermögen. Im Internat der Kehraus: morgens Andacht in der kleinen Kapelle, danach Tischgebet, mittags Tischgebet, abends Tischgebet und Andacht in der kleinen Kapelle, sonntags Kirchgang, montags in der ersten Schulstunde allgemeiner Schulgottesdienst, bevor der Unterricht begann. So saß ich denn ein Jahr lang sonntagvormittags auf dem Dachboden des Mädcheninternats, wenn es zum Kirchgang geläutet hatte (es war sonntags das dritte Klingeln) und die Erzieherinnen ihren Kontrollgang durch die Zimmer gemacht hatten. Ich hatte heraus, welche Stiegen der Bodentreppe knarrten, wohin ich nicht treten durfte und wann ich ungesehen verschwinden konnte. Von einer Luke im Dach aus konnte ich die Straße überblicken, auf der die anderen mit den Erzieherinnen zur Kirche gingen. Ein ausrangiertes Pult, Pappkartons, Spinnweben, eine Couch, deren Sprungfedern kaputt waren, ein Klassenzimmerstuhl – da lag ich, da saß ich, schrieb ich oder träumte aus dem Fenster. Das war mein Zimmer, und ich wartete nach einer Stunde auf das Läuten der Glocke zum Vaterunser. Kurz darauf sah ich die Mädchen und Erzieherinnen auf der Straße zurückkommen. Ein wenig später schlich ich mich die Bodentreppe hinab, fing eins der Mädchen ab und fragte sie nach dem Bibelspruch, den der Pastor ver-

lesen hatte, um dann darüber zu predigen. Es erleichterte es mir, mein Versteck zu wahren und mich nicht zu verraten, wenn ich die Losung kannte, denn ich wußte, daß die Erzieherinnen gern beim Mittagessen weiter über die Predigt sprachen. Das ging ein Jahr lang, bis eine Oberprimanerin, eine Helferin, wie sie bezeichnenderweise genannt wurde, mich beim Kirchgangschwänzen ertappte und mir androhte, daß sie mich bei der Heimleiterin verpetzen werde.
Heute bin ich in Kirchen Gast, Touristin, Konzertbesucherin und anderes Konventionelle mehr. Bislang ist mir nicht eingefallen, was einer meiner Tanten einfiel, die vom Protestantismus zum Katholizismus wechselte, um schließlich doch zu ihrem ursprünglichen Glauben zurückzukehren, eine leere Kirche zu einem vertraulichen Zwie- und Streitgespräch mit einem alten Onkel zu benutzen. Oder mit einem Pudel an der Leine in die Kirche zu kommen, was ich in Bergen in Norwegen sah, oder auf einer Reinigungsmaschine durch eine Kirche zu fahren, das war im St. Galler Stift, oder mich neben einen Ständer mit vielen brennenden Kerzen zu setzen, zum Aufwärmen und Schlafen, das war im Markusdom, oder mich in einer Kirche zu prügeln, das war bei einem Weihnachtsgottesdienst in Moskau, oder eine Kirche als Scheune zu benutzen, als Wohnung zu vermieten wie in Trastevere, sie zu bombardieren oder sie auf Räder zu stellen, oder mit ihr durch die Luft zu fliegen wie Engel auf manchen Gemälden, mich von ihrem Turm zu stürzen, nicht nur wie der Schneider von Ulm, ihre Glocken zu läuten. Das war Gott.

Sie oder ich unterwegs

Ich möchte die Reise absagen. Ich möchte in meinen vier Wänden bleiben. Die vielen Städte, die viel zu vielen Städte, die Namen tragen. Ich bin selber ein Ort. Ich möchte sagen: Ich bin woanders. Gegebenenfalls werde ich Sie zu mir sagen. Kinderkram fällt mir ein. In die Dorfschule kam einmal jährlich der Schularzt und untersuchte alle Kinder, guckte die Zähne nach, horchte die Lunge ab, ließ jeden Schüler und jede Schülerin auf die Waage steigen und stellte das Gewicht fest. Jeder mußte sich ausziehen, das hieß: jeder mußte gewaschen sein. Aus Angst vor der Untersuchung dachte ich, ich hätte mich das ganze Jahr über nicht gewaschen. Ich weinte, obwohl ich mich jeden Tag wusch, obwohl ich mich jeden Tag nach Sauberkeit gedrängelt hatte. Das Schrubben in der Badewanne, bis ich überall am Körper rot war. Die Angst, entdeckt zu werden. Was sollte entdeckt werden?
Clown werden.

Dichterlesung

Die junge Frau stürzte durch die Mitte des Rathaussaals auf mich zu, ganz in Schwarz. Auch die Augen waren schwarz und ihre Haare, die in der Mitte gescheitelt und von einem lila Band zusammengehalten waren. Ihr Gesicht war voll. Ein Mund mit dunklen, rissigen Lippen.

Das können Sie doch nicht tun, rief sie schon, während sie noch herankam, hier Ihren Traum mit den Frauen vorlesen, diesen Frauen, die hinter den Speisen, etwas so –. Sie fand die Worte nicht. Vor diesen Leuten!
Verwirrt und von ihrer Heftigkeit überrascht, sah ich, dabei, Bücher zu signieren, zu ihr auf.
Ja, beschwor sie mich, neben mir lachten sie bloß und erst der mit der Brille in der ersten Reihe, dieser Schnösel, wie der feixte, direkt vor Ihnen. Sie können sich den Leuten nicht so öffnen, Sie dürfen es nicht.
Aber deswegen kommen doch alle her, sagte ein älterer Mann, der darauf wartete, daß ich meinen Namen in ein Buch schrieb, welches er nach der Lesung gekauft hatte. Wir waren im Gespräch gewesen. Er hatte mir erzählt, wie gut er die Gegend kannte, in der ich aufgewachsen war. Er hatte als Flüchtling nach dem Krieg in einem Dorf an der Ostsee gewohnt. Die junge Frau hatte uns darin unterbrochen. Sie gab auf den Einwurf des Mannes nicht acht.
Und dann die Stelle, wenn Sie unglücklich sind und nur noch schreiben, wie Sie weinen.
Welche Stelle meinen Sie, fragte ich. Ich hatte nichts Derartiges vorgelesen.
Die Stelle mit dem Baum, sie steht doch in Ihrem Buch.
Ich konnte mich nicht erinnern.
Doch, sagte sie, auf Seite 325.
Wo?
Im *Kohlhaas.* Bitte, sagte sie. Ich flehe Sie an, es ist wahr.
Hieß das, daß ich nachschlagen sollte? Ich schlug die Seite auf. «Ich ging über den Platz», las ich, «und ich

schaute zu, und dann lehnte ich mich an einen Baum. Auf diesem Platz, unter den Pinien, hatte ich das Gefühl, war jeder sich seines Lebens froh.» Ich sagte, aber da schaue ich doch nur Kindern auf einem Spielplatz zu, an einen Baum gelehnt, das stimmt, aber ich weine nicht.
Doch, sagte sie, griff mich am Arm und drängte ihr Gesicht ganz nah vor meines. Ich sah in ihre weit geöffneten Augen. Aber sah sie mich an? Sie haben es geschrieben, rief sie pathetisch, und Sie haben es auch so gemeint.
Der Satz war aber nicht da. Nichts stand da von «weinen». Sollte ich das Lektorat anrufen? War der Satz bloß in meinem Exemplar gestrichen?
Sie haben es vergessen, sagte die junge Frau. Weshalb lassen Sie die Leute so in sich reingucken. Sie sind Ihre Gefühle doch gar nicht wert. Weshalb tun Sie es. Tun Sie es für Geld?
Ich nickte. Ja, sagte ich, auch.
O Gott, sagte sie und preßte die schwarze Tasche, die sie sich sowieso schon gegen den Bauch hielt, noch enger an sich. Wieder kam sie auf den Traum mit den Frauen, die hinter den Speisen stehen. Den Traum hatte ich nun tatsächlich vorgelesen. Sie schüttelte den Kopf. Es ist zum Weinen, sagte sie, und dann das «Frau zu verschenken, Schwein zu verschenken, Glück zu verschenken».
Wieder kam ihr Gesicht meinem ganz nah, und sie flüsterte jetzt mit ihrem schwarzen beschwörenden Blick: Du, tu es doch nicht. Dann stellte sie sich auf und entschied: Sie leiden doch darunter. Schütteln Sie tatsäch-

lich alles wieder ab, wenn Sie zu Hause sind? Die Leute, sagte sie, o mein Gott. Die junge Frau sah sie sich jetzt erst an, wie sie um den Tisch herumstanden und darauf warteten, daß ich das Gespräch mit ihr abbräche und sie ginge oder wenigstens den Mund hielte und sie, die Wartenden, die Bücher signiert bekämen und endlich nach Hause gehen könnten. Die Frau war so heftig, auch so gehetzt und bestimmt – es war weder Ruhe noch Zeit, sich aufeinander einzulassen und zu sprechen.
Entschuldigung, rief sie den anderen zu, und es war deutlich, daß es als Beleidigung gemeint war, und zu mir gewandt beharrte sie darauf: Aber der Satz mit dem Weinen steht in Ihrem Buch.
Ich glaubte es ihr jetzt beinahe. Ich nickte. Da drehte sie sich brüsk um. Erinnern Sie sich? sagte sie, erinnern Sie sich? Ja, sagte ich, ja. Dann brachte sie noch ein «naja» heraus und danach lief sie rasch die Treppenstufen hinauf und aus dem Saal. Ich sah ihr nach, wie sie so forthüpfte, wahnsinnig, altjüngferlich, ein schwarzes Gespenst, eine Frau mit einer Aktentasche, und ich dachte: Was tut sie jetzt draußen in der Nacht – läuft sie am Rhein entlang, versucht sie, die Sorge um mich loszuwerden, ihre Sorge um meine Reinheit, meine Unbeflecktheit, meinen Schutz, ihre Sorge um mein Aufgeschluckt- und Gefressenwerden, ihre Sorge um mein Überleben – verbiestert, verstört, rührend, verwirrt, all das im Dunkeln in Mainz unter Platanen. Und selbst wenn ich der Frau längst wieder aus dem Kopf und ihr Auftritt eben nur meinem eigenen ähnlich gewesen wäre – ängstlich anfangs, froh und befreit, sobald alles vorbei

war und ich irgendwo ein Glas Bier oder Wein trinken konnte, um danach allein zu sein –, mir ging ihr Wahnsinn nicht aus dem Kopf, und ich beugte mich erneut über die Bücher – wie hieß ich? – und schrieb meinen Namen hinein.

Grenzüberschreitungen

Ich habe Schwierigkeiten, das Wort «Zwangsumtauschsatz» auszusprechen. Diesmal zahlte ich beim Grenzwechsel von Berlin nach Berlin 25 DM statt der bisher üblichen 13 DM. Die Fahrspur kam mir so eng vor. Täuschte ich mich? War nur der Himmel zu blau und zu weit gewesen? Ich war zuvor zwei Stunden im Freien spazierengegangen. Immerhin sich gleich waren die Fragen des Zöllners geblieben: Führen Sie Druckerzeugnisse mit sich, die Sie zu deklarieren haben?
Ich sagte: nein.
Das Auto voll davon: Bücher, die ein Hamburger Verlag herausgebracht hatte, ein Typoscript, mein Arbeitstagebuch, Programmhefte von Theateraufführungen, Pressematerial von Filmen, die ich auf der letzten Berlinale gesehen hatte, eine Nummer des «Spiegel», eine Schallplatte.
Ich hatte an die Sachen im Wagen überhaupt nicht gedacht.
Funkgeräte, fragte der Zöllner, Schußwaffen, ausländische Devisen?

Nein, nichts, sagte ich, ich funke selber, zaubere, setze eigene Blüten in Umlauf, schieße mit Gedanken in Gedanken in Sätzen manchmal ...
Fahren Sie mal auf die Grube, rief mir der Beamte zu.
Grube? Ich fuhr drauf.
Nun packen Sie mal aus, was hinten in Ihrem Wagen liegt.
Ich packte aus – ordentlich wie sein Befehl in seinem Blick, treuherzig wie sein Befehl in seinem Blick, ich weigerte mich, fing nur an, fuhr bereits weiter. Ich sagte: Ich bin Schriftstellerin, ich habe hinten im Wagen einen Elefanten liegen. Seien Sie vorsichtig. Da wußte er nicht ... Er war ein älterer Mann, blond, hatte ein schmales, ausgemergeltes Gesicht. Ich sah in seine wasserblauen Augen. Mein Blick bestrickte ihn. Er lächelte. Er war verwirrt. Bloß weil ich lächelte, lächelte er. Bloß weil ich angefangen hatte, ihm irgendwelchen Schwachsinn aufzubinden – es war einmal ein Mädchen, das hieß Alice hinter den Spiegeln, es war einmal ein deutschdeutscher -ismus, der hieß Anachronismus etc. Aber er schien ganz ausgehungert nach solchem Schwachsinn zu sein. Er hörte mir wenigstens gern zu, lächelnd, mit großen Augen.
Dann standen wir wie Eltern über den Tisch gebeugt. Dort lag ein Buch von Fallada. Und einig wie Eltern lobten wir das wohlgeratene Kind: Schriftsteller, volkstümlich, tot. Seine Bücher waren hüben wie drüben erschienen. Und Beethoven war ein Klassiker. Auch über ihn standen wir gemütvoll gebeugt.
Geschenke, fragte er und warf einen langen sehnsüch-

tigen Blick auf die Schallplatte.
Ich sagte: nein. Aber ich schenke Ihnen das Violinkonzert, wenn Sie es wollen.
Er sagte: nein, nein.
An einem winzigen Aufleuchten seines Blicks sah ich, daß er die Platte doch gern gehabt hätte. Wieder die komische Peinlichkeit: wunderbar beherrschte Spiele: eisern, Dienst.
Er ließ mir die Sachen. Den «Spiegel» hatte ich ihm nicht gezeigt, er hatte ihn nicht gesehen, er hatte ihn nicht finden wollen. Er kramte noch ein wenig im Auto herum, legte sich lang auf den hinteren Sitz, auf dem die Programmhefte lagen, leuchtete mit der Taschenlampe den Kofferraum aus, in dem die Presseerklärungen zu den Filmen waren, und tat, als könnte er nicht lesen. Jetzt war ich verwirrt. Jetzt lächelte er mich an.
Fahren Sie ruhig rückwärts wieder raus, sagte er. Damit gab er mir den Paß zurück. Jetzt strahlte er mich schon an.
Einen schönen Tag noch, rief er.
Ich fuhr rückwärts von der Rampe aus dem Schuppen.
Er stand da, immer noch das Strahlen im Gesicht.
Was gefällt ihm an dir, fragte ich mich, als ich schon unter der Jablonskibrücke hindurchfuhr, gleichzeitig unschlüssig, ob ich ihm Gefallen allein unterstellen wollte und nicht auch eine Reihe anderer Gründe und Ungründe, Gedankenlosigkeiten, Pflichtvergessen-, Pflichtversessenheiten – stumme eigene Spiele, die er mich nicht hatte durchschauen lassen.

Vergleiche

Der Brunnenfrosch fragte den Meerfrosch, wie groß das Meer sei.
So groß wie die Lache am Grunde des Brunnens?
Größer, sagte der Meerfrosch.
Ob es bis an den Rand des Brunnens gehe.
Es sei größer, sagte der Meerfrosch.
Sei es so groß wie der Brunnen mit Rand?
Es sei größer, sagte der Meerfrosch, viel größer.

Zwei Köpfe, geröntgt

Die Röntgenschwester sagte: Legen Sie Ihre Kette ab. Nehmen Sie die Zahnprothesen heraus. Sie streifte mich mit einem schroffen Blick. Sind Sie in anderen Umständen.

Ich ließ die Kette, an der ich zu nesteln begonnen hatte, wieder fallen. Ein Verhör? Wen meinte die Frau. Ich habe keine Prothesen, ich bin nicht schwanger, leider nicht, zum Glück nicht, ich hatte es befürchtet. Andere Umstände! Was wollte die Frau noch wissen. Sie war eine ältere Frau mit aschblonden Haaren.

Ich antwortete nicht.

Beeilen Sie sich, sagte sie. Ich muß das fragen. Es sind Routinefragen.

Ich löste die Kette in der Kabine. Dann ging ich in den Dunkelraum, und der Röntgenarzt machte die Auf-

nahme von meinem Kopf, die der Hals-Nase-Ohren-Arzt meiner chronisch vereiterten Nebenhöhlen wegen haben wollte.
Ich ging in die Kabine zurück, in der ich die Kette und meinen Mantel gelassen hatte. Ich nahm die Kette vom Tisch und hielt sie in der Hand. Die Kette war meine Kette. Eine dünne goldene Kette, an der eine korinthische Silbermünze hing. Die Schwester hatte ihr nichts zu befehlen. Ihre Befehle beschädigten die Münze. Ich sah sie mit einem Blick an, der ihr die Kommandos in meiner Phantasie nehmen und sie mir unbeschädigt zurückgeben sollte. Die Münze, ein wenig größer als mein Daumennagel, zeigt auf der einen Seite einen Pegasus, auf der anderen einen Athenekopf mit Perikleshelm. Ich bekam sie von einem Freund, in unserem ersten Sommer, als wir in Neapel waren. Es ist viele Jahre her. Er kannte sich gut aus in der Stadt, und wir gingen auf dem Börsenplatz von einem Geldwechsler zum anderen, bis wir die Münze fanden. Er kaufte sie für mich des geflügelten, fliegenden Pferdes wegen: Es steigt mit allen vieren auf, fliegt im Silber des Himmels, und auf der anderen Seite lächelt Athene, als könnte sie das luftige Schwingen und Rauschen der Flügel hören und als schaute sie dem Himmeln des Pegasus zu. Zum Symbol des Dichterpferdes wurde der Pegasus erst im achtzehnten Jahrhundert. Ich schenkte meinem Freund auch eine solche Münze. Ihr Himmel ist ovaler, und das Silber, was wir leider erst später merkten, nicht so rein. Es wird am Rande schneller schwarz. Er mußte es oft mit Zahnpasta putzen. Ich mag meine Münze sehr und wäre un-

glücklich, wenn ich sie verlöre. Als ich mir die Kette wieder umgelegt hatte, so daß der Pegasus zu sehen war, setzte ich mich ins Wartezimmer, bis die Schwester kam, um mir das Couvert mit dem Röntgenbild zu geben. Im Gehen hörte ich ihr «Nehmen Sie die Kette ab, Nehmen Sie die Zahnprothesen heraus, Sind Sie in anderen Umständen». Ich wartete die Antworten aus der Kabine nicht ab.
Im Treppenhaus blieb ich stehen, öffnete das Couvert und hielt das Foto meines Kopfes gegen das Licht, das durch das Hinterhoffenster hereinfiel. Da sah ich meinen Kopf, geröntgt: den Bau, die Form. Ich sah einen solchen Kopf zum ersten Mal. Er wirkte sehr zierlich, sehr klein. Ich sah die Stirnhöhlen, die linke fehlte fast, sie war ganz klein, ich sah die Nebenhöhlen, ich sah mein Nasenbein, es schien mir sehr gerade, ganz im Gegensatz zu meiner Nase, wenn ich sie im Spiegel betrachtete. Ebenmäßigkeit konnte ich ihr nicht nachsagen, sie ist eher breit und steht etwas himmelwärts. Und ich sah die großen Löcher darunter, ich sah die Kinnladen und die Nähte, die die Schädeldecke filigran überliefen. Alles erschien mir wohlgestaltet und sehr schön. Ich vergaffte mich in meinen Schädel. Ich fing stumm an zu schwärmen, nannte die Natur, die fähig war, solche Knochengebilde zusammenzufügen, zart und gebrechlich, eine Künstlerin. Plötzlich wollte ich mein bisheriges Leben von der Kopfaufnahme her auslegen.
Hinter mir stiegen Leute treppauf und treppab. Sie störten mich nicht. Ich war versunken in meinen Anblick. Dann fiel mir ein: Mein Kopf war doch nicht der erste

Kopf, den ich auf einer Röntgenaufnahme betrachtete. Er war der zweite. Ich ließ die Hand sinken und sah verwirrt auf den kahlen Baum im Hinterhof und die Mülltonnen hinab. Ich erinnerte mich. Die Erinnerung kam näher. Vor Jahren habe ich die Röntgenaufnahme von Hitlers Kopf gesehen. Das Foto war nach seinem Tod gemacht worden. Ich hatte es in einem Buch gefunden und es neugierig und fasziniert betrachtet wie jetzt mein eigenes, aber auch angeekelt, weil mir zwischen den Blick kam, was ich wußte, und weil ich noch meinte, über Hitler durch eine solche Aufnahme mehr erfahren zu können. Damals hatte ich mich in den Ausruf verstrickt: Wie konnte ein solcher Mann einen hinreißend schönen Schädel besitzen.

Familiengeschichte

Ich suchte im Haus nach Schreibmaschinenpapier und fand wie üblich keins. Ich wußte, was ich mir nicht selber mitbrachte, würde ich auf den vielen Schreibtischen – fast in jedem Zimmer steht einer – und in den Kommoden des Hauses vergeblich suchen. Ich wußte es von früheren Streifzügen durchs Haus, die ergebnislos geendet hatten. Da ich aber ein hartnäckiger, besser gesagt ungläubiger, noch besser: an Wunder glaubender Mensch bin, machte ich mich, wenn ich im Haus war und alles mitgebrachte Papier verschrieben hatte, doch immer wieder auf die Suche. Ins Büro hinüberzugehen, hatte ich jetzt keine Lust. Ich hatte nicht Lust, den Mund aufzumachen. Ich hatte sie nicht mehr. Als ich herkam vor wenigen Tagen hatte ich sie noch gehabt, und ich hatte geredet und gelacht. Dann war die Stimmung eingestürzt. Ich fühlte mich wortlos, wie abgestorben nach außen. So sah ich doch noch einmal im Sekretär meiner jüngsten Schwester nach und fand in einem Fach in einem rosa Schnellhefter Schreibmaschinenpapier liegen. Auf die rosa Mappe hatte meine Schwester «Die Geschichte der Familie» geschrieben, innen lagen aber nur die losen weißen Blätter, von denen ich mir einen Stoß nahm. Ich spannte einen Bogen nach dem anderen in die Maschine und schrieb «Spuren hinterlassen», eine Kurzgeschichte, sie hatte mit Familie zu tun, «5. Symphonie», Impressionen, sie hatten mit Familie zu tun, danach beschrieb ich dieses Blatt Papier, es hat mit «Der Geschichte der Familie» zu tun, mit dem Zimmer, in dem ich sitze, das zwar beheizt ist, aber wenig, da die Heizung nicht mehr hergibt, und draußen sind zwölf Grad unter Null, so daß ich zitternd dasitze mit kalten Fingern und weißen Fingerspitzen, im Versuch, Wärme in dieses Haus hineinzuschreiben und eine andere Jahreszeit, und dann schrieb ich Gedichte, ich schrieb sie an gegen die Gewendetheit, die Rücken, die Notizenlosigkeit in diesem Haus. Morgen werde ich mit meiner älteren Schwester wegfahren. Sie hat den Kopf voll mit Seifenkugeln aus Messing, Frisierpinseln, Puderquasten und Flacons, sowie anderen Ausstellungsgegenständen: Flohfallen, Barttassen, Parfumkochern, Blutschüsseln, Pommandern (ich frage, was das ist), Bartmühlen, Schnäppern und Blutegelzangen, Duft-Fischen, Brennscheren und Brennern, Kämmen, Mouche-Büchsen und Aderlaßkästen – Gegenstände, von denen sich manche auch in diesem Hause finden ließen, und meine Schwester erzählt mir davon. Was sie sagt, hat mit Familie zu tun, der Geschichte der Familie, der Geschichte unserer Familie zum Teil. Sie hat sich auf diese Gegenstände kapriziert, sie braucht sie für ihre Ausstellung; für andere Ausstellungen, die sie macht, sucht sie nach anderen, aus anderen Familiengebieten. Ich habe Menschen im Kopf, mein erster Bruder hat Land und seine Familie im Kopf, mein zweiter Bruder folgt ihm in beidem nach, mein dritter Bruder denkt auch an Land, sein Land ist ein Tisch und eine Mühle, mein vierter Bruder träumt von einem Theater, das groß sein soll wie ein Zirkuszelt, wie eine Markthalle, wie ein Fußballstadion, mein fünfter Bruder will einen Konzertsaal, nur meine jüngste Schwester, die mit allen Brüdern im Unfrieden liegt, weil sie noch teilen will, was bereits aufgeteilt ist, weiß bisher nicht sicher, wonach sie greifen soll, Luft will sie nicht wählen, auch nicht «Familie» – «Die Geschichte der Familie» hat sie sich schon notiert: lose weiße Blätter, weißer Schrekken, Tod, Tod der Familie.

Gift

Eine Bremse flog im Fensterschlitz gegen einen Spinnenfaden. Die Bremse bewegte sich nur noch um Millimeter, dagegen die Spinne sich wie der Wind. Die Auseinandersetzung begann. Die Bremse rüttelte und kämpfte. Die Spinne, von der man jetzt erst erkannte, daß sie den Faden in der Nähe des Afters ausstieß, fing an, die Bremse zu umspinnen. Die Bremse machte die wildesten Anstrengungen, die Freiheit wiederzugewinnen. Die Spinne bewegte sich auf Zehenspitzen, aber sobald der Kampf der Bremse für Sekunden nachließ, beeilte sich die Spinne, ihn wieder anzufachen. Danach ließ sie von der Bremse ab und begann, die Konstruktion ihres Netzes zu versteifen. Gelegentliche Kontrollgänge erfolgten, bis die Bremse tot schien. Die Spinne schleppte sie ins Dunklere und ließ sie hängen. Danach wartete sie, näherte sich der Bremse noch einmal und injizierte ihr Gift. Der Tod der Spinne dürfte in der Nacht erfolgen.

Schmähreden

Wie sauer sechs Kinder einem Erwachsenen gegenüber reagierten, als er sie aufforderte, die Spielsachen einzusammeln und ordentlich in die Kisten und Kästen zurückzulegen. Sie wollten weiterspielen. Vater hin, Vater her. Sie sahen es nicht ein: weil er den Kinderladen schließen wollte, weil zwölf Uhr war, sollten sie aufhören. Du Arschloch, sagte ein Junge, aus dem Nörgeln plötzlich ausbrechend. Der Vater wurde starr. Ihm verschlug's den Atem. Stille. Ich dachte, mein Gott, was passiert jetzt. Dann sagte er ganz leise, betont langsam, den Blick des Jungen herauslockend, der über sich selber noch erschrocken war und wartete, während alle anderen ihn gespannt ansahen: du Arschloch. Das hatte keiner erwartet. Es war das Stichwort. Plötzlich brüllten sie alle: du Arschloch. Der Vater gab's ihnen zu ihrer Verblüffung fortwährend zurück: ihr Arschlöcher, wiederholte er, ihr. Ich stand nur da, auf der Seite der Kinder, und lachte. Aber sie lachten auch, und der Vater lachte. Lachend kugelten sich die Jungen und Mädchen am Boden und wiederholten ihr Arschloch mit unendlicher Lust. Nach einer Weile war das Geschmäh vorbei, die Lust daran war vorbei, und sie sammelten ohne weiteres, kleine Souveräne, ordentlich ihre Spielsachen ein. Der Vater grinste mich an. Wieso mich?

Er ist ein Maul

Euer Stall, sagt er, mit den Augen eines ganz Interesselosen, Hereingeschneiten, Vorspieglers. Was hält ihn hier? Knöchelchen, ein toter Fuchs.
He, sage ich, rede nicht verschlagen. Du kamst und kommst mit meiner Schwester. Zwingt sie dich her?
Nein, nein, sagt er, nein.

Wenn er könnte, fräße er meine Schwester aus dem Stand heraus auf.
Er hat zwar ein Maul, doch zum Teufel, sie lebt. Er hat sie im Blick. Schon atmet er auf.
Fort auf einmal ist sie. Unter der Türschwelle hindurch ihm noch entwischt. Verdammich, sie reitet. Ihn hält es nicht weiter. Wo, fragt er, wo.
Sie reitet, sage ich, vielleicht querfeldein.
Im Auto jagt er ihr nach.
Nun gibt es viele Wege, die vom Haus wegführen, und es gibt Wiesen und schmale Wege durch den Wald.
Er hetzt sie, sieht sie nicht. Verdammt.
Daß sie allein für sich – der Stachel und unterwegs und lange Zeit nur mit dem Pferd, das sie beherrscht, es ist Vergeßlichkeit, es ist Verschwendung durch Schenkeldruck und Fingerspiel und mit dem Po, den Fersen, daß sie das Hilfen nennt, sich sorgt ums Tier, es pflegt und streichelt, frei ist obenauf, und daß er wartet, unbestimmt wie lang und plötzlich gar nichts anderes kann als sie erwarten, während sie den Kopf in den Wolken – all dies, er ist kein Reiter, ist zuviel. Er reist nicht ab. Es regt ihn auf.
Ich sage, man muß die Löwen nicht im Käfig sehen.
So, sagt er, meinst du, Löwinnen, nein, auch keine Löwinnen, sagt er, hier dreht es sich um andere Tiere. Wir sind hier nicht im Zoo und nicht in Afrika. Deine Schwester –
Wie arm dran er war. Ich seh's ihm an und seh ihm an: Jetzt kommt die Schelte, Pferdeschelte –
Deine Schwester –

Da jede Schelte in Belehrung übergeht und ich von Belehrungen nichts halte, halte ich auch von Schelten nichts, ich kenne sie, immer das gleiche.
Da entwirft er sie groß, eifrig, eifernd. Soll ich ihm applaudieren? Ich habe mit Pferden abgeschlossen. Sie sind mir mal vertraut gewesen. Ich reite seit langem nicht mehr.
Deine Schwester –
Jetzt entwirft er sie klein, noch kleiner und kommt ihr nicht bei, greift statt dessen nach dem Tischchen neben seinem Sessel, dreht es, spielt mit ihm, bis es auf dem Kopf in seiner Hand steht. Er redet sehr viel. Ich höre ihm zu, und zuhören heißt mitgehen und mitgehen mitschweifen, abschweifen eher. Ich sage, Pferde! Nicht einmal im Sportteil der Zeitung, die ich lese; Fußballnachrichten, Fußballbilder ja, Sepp Maier. Das wieder interessiert ihn nicht, obwohl ja Pferde ihn eigentlich auch nicht interessieren. Aber mit so eigentlichen Gefühlen ist es immer eine Sache. Sie ziehen sich zurück, man steht so da – eine nicht eben originelle, reizvolle Haltung. Er wirbelt mit dem Tischchen, wirbelt mit der Schwester, stürzt das Tischchen, stürzt die Schwester, vergröbert, verfeinert, das Tischchen, die Schwester, setzt zu und kerbt weg, ein Pferd, eine Amazone, eine Zentaurin entsteht und steht da, grobianisch: S. E. modelliert meine Schwester.
Ich sage, he, he!
Er ist der Freund meiner Schwester.
Er ist der ständig sich widerrufende Freund meiner immer noch reitenden Schwester. Er sagt bestrickt, ich

kennte sie ja, was er über sie eben gesagt habe, sei so nicht wahr, sie sei doch nur ein Ackergaul.
Ein Ackergaul? sage ich. Jetzt red dich mal da heraus.
O. Er plustert die Backen und wölbt die Arme zu einer Kruppe, Hände wie Schaufeln und die Finger gespreizt, derb, sagt er, schwer, trotz ihrer Dünnhäutigkeit, ich kenne sie auf anderen Gebieten, kräftig, sagt er belustigt, als müßte er jetzt mit ihr ringen, in ihrer Arbeit immer aufs Ziel los. Im Augenblick weiß er nicht weiter oder was denn das heißt In-ihrer-Arbeit-immer-aufs-Ziel-los. Er greift nach dem Tischchen und dreht die Mahagoniplatte solange hin und her, bis er sie vom Beinchen lockern kann und, abgeschraubt, die Teile in den Händen hält, das Beinchen in der Rechten, die Platte in der Linken, und dabei sagt er, also aufs Ziel los, nur um es und die Arbeit hinter sich und erledigt zu haben, gewissenhaft und unermüdlich, sagt er, unermüdbar, gottseidank, denn was, wenn sie, die ihn tragen soll und nicht sich von diesen vielen Pferden, auf die sie sich schwingt, setzt und hechtet – aber schnell, da dieser Witz gefährlich wird, sagt er, o ja, ein Gaul, rollt seinen Schalk, den Charme, wovon er im Übermaß hat, in die Augen, belustigt, verschmitzt, wohl wissend, daß er was ausgefressen hat, mit kugelnden Blicken abbittend und mit dem Hängeohr spielend. Sie reitet, und er weiß noch immer nicht wie.
Und dich hält sie aus, sage ich, wie?
Verständig ist sie, sagt er, und darauf, was die anderen sagen, kommt es ihr an. Er schürzt den Mund. Paßt ihm das nicht?

Du bist frech, sage ich.
Ja, sagt er, gern.
Bist du ein Pferd?
O nein, sagt er, keins. Ist sie zurück? Schnell horcht er von seinem Platz durchs ganze Haus, als hätte er Ohren über den Hof bis hin zum Stall. Nichts, lärmende Stille, alles war still noch im Stall.
Diese Pferde, sagt er, auch du bist eins, nur, wo sie noch dieser Gaul ist, schon zitternd, hochgezüchtet, ein Vollblutpferd.
Bah, sage ich, und du bist ein Maul, ein riesengroßes, aus dem soll alles kommen und wiederum auch dort hinein.
Pferde waren Territorien, wenig Tier. Er brachte sie nicht um. Er war der eifersüchtigste Freund aller Freunde meiner Schwester. Er sieht auf die Uhr. Komm, sagt er, wir versuchen es noch mal, und geht wieder zum Wagen. Du kannst doch Spuren lesen? Querfeldein.

Dämpfe

Die Katze hatte Durst. Ihr Wasserschälchen war leer. Sie ging in die Küche und holte sich Wasser. Sie stellte den Boiler an und kochte sich Wasser. Sie sprang in den Spülstein, öffnete den Hahn und trank das kochende Wasser. Die heißen Dämpfe hüllten sie ein und machten sie fast unsichtbar. Als sie ihren Durst gestillt hatte, sprang sie auf den Boden und saß da – kauernd, sehr groß. Ich sah, wie sie würgte. Sie hatte sich die Kehle verbrannt. Sie versuchte, das heiße Wasser zu erbrechen. Am frühen Morgen sah ich: Das Wasserschälchen war voll, und sie schlief.

Köpfe in den Betten

Es ist ein merkwürdiges Haus. In einem Bett, dem ersten, schlafen zwei Männer, in einem anderen Bett ein Mann und eine Frau, in einem dritten Bett schlafen zwei Kinder, in einem vierten Bett schläft ein junges Mädchen mit einer Katze, in einem fünften Bett schläft eine Frau von dreißig Jahren mit einem Hund, in einem sechsten Bett schläft eine alte Frau mit einer Katze, in einem siebten Bett schlafen zwei junge Frauen, in einem achten Bett schläft ein Mann mit einem Tiger, in einem neunten Bett eine Frau mit einem Löwen, in einem zehnten Bett ein Junge mit einem Fisch, in einem elften Bett schlafen zwei Fische, in einem zwölften Bett schläft ein alter Mann mit einer jungen Frau, in einem dreizehnten Bett schlafen zwei Schnecken mit zwei Zöpfen, in einem vierzehnten Bett zwei Pferdeschwänze mit zwei Zöpfen, in einem fünfzehnten Bett schläft eine alte Frau mit einem jungen Mann und ein junger Mann allein, in einem sechzehnten Bett schläft eine alte Frau mit einem Telefon, in einem siebzehnten Bett schläft eine alte Frau mit einem Buch, in einem achtzehnten Bett schläft ein Buch mit einem jungen Mann, in einem neunzehnten Bett eine Mutter mit einem Kind, in einem zwanzigsten Bett schlafen zwei Mütter mit einem Kind, in einem einundzwanzigsten Bett schläft ein Paar mit einem Hamster, in einem zweiundzwanzigsten Bett schläft der Besitzer des Hauses mit einem Kellner, in einem dreiundzwanzigsten Bett schläft die Moabiterin Ruth, und der alte Mann schlüpft zu, in einem vierundzwanzigsten Bett schlafen sechs Punks und zehn Teddy bears, in einem fündundzwanzigsten Bett schlafe ich mit meinem Freund, in einem sechsundzwanzigsten Bett schlafe ich mit meinem Bruder, in einem siebenundzwanzigsten Bett schlafe ich mit meinem polnischen Vater, in einem achtundzwanzigsten Bett schlafe ich mit meiner dritten Schwester, in einem neunundzwanzigsten Bett schlafe ich mit meiner mongolischen Mutter, in einem dreißigsten Bett schlafe ich mit dem Pastor, der mich eingesegnet hat, in einem zweiunddreißigsten Bett schläft ein Stiefel mit einer Kuh, in einem dreiunddreißigsten Bett schläft Hockney mit seinem Freund Peter, in einem vierunddreißigsten Bett schläft eine Rose mit einem Dorn, in einem fünfunddreißigsten Bett schlafen drei Männer, in einem sechsunddreißigsten Bett schlafen ein Mann und eine Frau, in einem siebenunddreißigsten Bett ein Mann und eine Frau, in einem achtunddreißigsten Bett zwei Frauen drei Frauen vier Frauen acht neun und zehn, in einem neununddreißigsten Bett schlafen Bruno Fabri und Andrij Singer, dieses Bett ist das schmalste Bett und das breiteste Bett, zu diesem Bett führt eine Leiter hinauf, dieses Bett, das neununddreißigste, ist eine Wiese.

Der Schrank mit der Latte

Bruno sagte o Fabio. Er machte eine verzückte Gebärde und sah durch halb geschlossene Lider auf die Straße. Er umarmte Fabio, schob ihn ein wenig, damit er schneller ging.
Fabio sagte: Wir werden eine Katze haben, eine kleine schwarze jungfräuliche unnahbare Katze, eine königliche Katze, eine Prinzessin, die niemand will, wie sollen wir sie nennen?
Bruno sagte: Unser Biest, das niemand will.
Fabio löste sich aus Brunos Umarmung. Unser Biest, das niemand will?
Er machte einen Tanzschritt auf der Straße.
Ein Wochentag vormittags im Februar. Schneematsch, der grau geworden war, lag auf der Straße. Fabio wich den größeren Haufen aus. Er trug helle Westernstiefel. Unser schönes Biest, das niemand will, sagte er, unser Biest, das von uns noch nichts weiß.
Er war ein schwarzer Tänzer und kam aus Brooklyn. Dort war er geboren. Bruno war Sänger. Er hatte einen Schweizer Paß. Seit zwei Monaten waren sie in Berlin. Sie traten in einem Revue-Theater auf, das dreihundert Sitzplätze hatte. Es war keine großartige Show, für die sie engagiert waren. Ein Franzose hatte sie zusammengestellt, im Hinblick auf Berlinische Anspielungen, dabei war nicht viel herausgekommen, da auch ihm, einem Ausländer, das Lebensgefühl der Stadt nicht eben nah war. Zwölf Nummern, Fabio trat in ihnen mehrfach auf, als Kellner hatte ich ihn gesehen, Mann von vorn,

Frau von hinten, Frau von vorn, Mann von hinten, als Tangotänzer, Marlene Dietrich, und Bruno hatte ich auch gesehen; er machte den Showmaster abwechselnd in einem weißen oder einem glitzernd blauen und roten Frack, bestickte Westernstiefel dazu. Die Show begann gegen elf Uhr, wenn das Publikum nicht mitging, tanzten sie sie in einem Zug durch, und die Leute, die kamen, meistens junge Ehepaare oder Touristen aus Westdeutschland, waren nicht eben groß zu begeistern. Sie saßen an den Tischen vor ihren Sektkübeln oder long drinks und schwiegen und rauchten.

Beide trugen einen kleinen silbernen Knopf im Ohr. Jetzt, auf der Straße, waren sie ausgelassen. Bruno, der Spaß- und Spielvogel von beiden, verrenkte sich gern. Mitten im Satz, mitten im Gehen, mitten in einer Bewegung, blieb er angeleimt stehen und gab vor, daß er ein Bein stehengelassen habe und nicht weiter könne. Er sei für eine Weile aus dem Bein ausgestiegen, habe es am Horizont gelassen oder jenseits des Horizonts und müsse es nun langsam und sehr vorsichtig wieder zu sich heranziehen. Für eine Weile stand er dann da und sah, wie sein Bein neu auf ihn zukam, quer durch die Stadt. Hatte das Bein ihn eingeholt, ging auch er mühelos weiter.

Sie hatten eine Wohnung für sich gefunden. An dem Morgen waren sie unterwegs, um sich im Tierheim Lankwitz eine Katze auszusuchen. Nur Bruno sprach deutsch. Miteinander redeten sie englisch.

Wie soll sie heißen, fragte Fabio. Whisky, Nanny.

Bruno sagte: Nathalie, Onanie. Dann fing er an, die bei-

den Namen zu singen und machte dazu schlangenhafte Bewegungen mit dem Hals, der sehr lang war.
Eine Baustelle versperrte ihnen den Weg. Sie gingen weiter auf sie zu, als plötzlich aus dem Bauloch ein Schrank von Mann auftauchte. Es war ein junger Mann, fast zwei Meter groß, und er hielt eine Latte des Bauzauns in den Händen. Er hatte die beiden schon länger beobachtet. Jetzt, wie sie nahe waren, drohte er: Tunten müssen einen Umweg machen. Tunten kommen hier nicht durch.
Die beiden blieben stehen. Tunten? fragte Bruno und tat, als sei ihm der Schreck nicht in die Glieder gefahren und als könne er kein Deutsch. What do you mean?
Tunten müssen einen Umweg machen, sage ich, wiederholte der Schrank, die Latte erhoben, hämisch grinsend.
Bruno zitterte nicht. Ihm war nur heiß vor Angst. Der Schrank war böse.
Was sagt er, fragte Fabio. Und was will er mit der Latte. Ein Idiot?
Es ist so erbärmlich, sagte Bruno.
Sag's mir doch, sagte Fabio, ich will es auch wissen. Wir leben doch jetzt hier.
Es ist so erbärmlich, sagte Bruno wieder, er ist einer von den Typen, die dich und mich nicht mögen. Was sie gegen dich haben, schreien sie dir ins Gesicht oder sie schreien es dir hinterher, und der hier hat noch seine Latte.
Komm, sagte Fabio und zog Bruno weiter, um die Bau-

stelle herum. Wir gehen auf die Polizei und zeigen den Schrank an.
Du kannst kein Deutsch, sagte Bruno, und die dort können sicherlich kein Englisch.
Aber du kannst beides, sagte Fabio.
Ich könnte auch auf die Schweizer Botschaft gehen, sagte Bruno, aber ich habe Angst. Diese Typen. Mit einem Fingerschnips demütigen sie mich. Sie schaffen es, immer wieder.
Habe ich es besser? tröstete ihn Fabio, ich kann mich hinter mein Englisch verstecken.
Bruno sagte: Zum Glück.
Nein, sagte Fabio und lief zurück. Er pflanzte sich vor dem Schrank auf und sagte: I don't speak German. Er grinste. I don't speak German. Er hockte sich hin. I don't speak German. Er sprang zu dem Schrank ins Bauloch. I don't speak German. Sprang wieder heraus. Der Schrank guckte nur. Machte einen Handstand, ging auf den Händen, schlug ein Rad, nahm Anlauf und sprang über das Bauloch hinweg. Machte einen Schneeball, warf ihn in die Luft, so daß er dem Schrank im Bauloch vor die Füße fiel. I don't speak German, okay? Der Schrank guckte. Dann sprang Fabio ihm in die Arme, biß ihn am Hals, kam federnd auf die Füße, warf ihm noch eine Kußhand zu und ging mit Bruno weiter.

Hackordnung

Kleine blaue Fischköpfe lagen im Sand. Wir umstanden sie. Ihre Augen glotzten. Fischsuppenabfall, sagte ich. Wie hat die Suppe geschmeckt, fragte Stefan. Wem, fragte Sophie. Wer hat sie gekocht? Ernst. Glasige, umlaufende Augen, sagte Walter, unbrauchbar, blind, wie meine. Auch mein Kopf soll abgeschnitten sein. Fridolin sagte: Hör auf, Walter, ich kann das nicht hören. Ferdinand sagte: Das kann er gar nicht, dafür malt er sich zu gern Todesarten von Tieren aus. Sophie sagte, solange ich Walter kenne, tut er das, aber er malt sich auch Lebensarten aus. Lauf doch weg, sagte Fridolin wieder, geh doch ins Wasser. Walter wollte nicht. Er wollte, daß wir uns alle um ihn herumsetzten. Er würde uns seine neueste Geschichte erzählen. Ich habe sie Hackordnung oder Bürgerinitiative genannt, sagte er. Aha, meinte Sophie, interessant, und sie handelt? Von Puten, sagte Walter. Alle gegen einen, als trauten sie sich allein nicht. Wenn es ein kränkelndes oder auch nur zurückgebliebenes, schwächliches Tier bei ihnen gibt, so jagen es die übrigen Puten, bis es kraftlos niedersinkt, dann hacken sie solange – unter dem widerwärtigsten Gekoller, wobei den Hähnen, die sich aufblähen und in die Brust werfen, die verrunzelten, nackten Köpfe violett anschwellen – auf das Tier ein, bis es tot ist. Darauf folgt abflauendes Gekoller. Herdenstille setzt ein. Dann picken sie weiter, als sei nichts gewesen. Und wie heißt die Geschichte noch, fragte Sophie. Ich dachte einmal, daß ich so aufgewachsen bin, sagte Walter, aber ich lebe ja noch.

Unterrichtsstunde

So, sagte Paul, für zwei Mark fünfzig ist man erwachsen. Ein Kind würde eine Mark zahlen.
Woanders bist du's für vier Dollar oder tausend Lire.
Das wäre ja viel mehr, sagte ich.
Wäre einmal, war einmal, sagte Paul. Ich bin volljährig, aber erwachsen? Die Frau muß sich an irgend etwas erinnert haben, als sie mich ansah. Weshalb hat sie uns keine Karten für eine Mark verkauft?
Ich wußte es auch nicht.
Ich habe Lust auf Schokolade, eine ganz unsinnige Lust. Kinderlust, sagte Paul, sehr ungesund, aber ich brauche jetzt unbedingt Schokolade. Wo, glaubst du, kann man hier Schokolade kriegen?
Ganz hinten im Garten ... Was war denn da ...
Nichts, sagte er.
Wir sahen uns um: Gatter, Bänke, Wege, Papierkörbe, Elefanten, ein Tiger, nur keine Schokolade, nirgends ein Hinweis darauf, kein Plakat, kein Wegzeichen, kein Aufruf oder Bild. Der Himmel war grünblau. Der Himmel war grau-blau. Rotwangig. Da regnete es. Kein Baum zum Unterstellen. Ich sagte: es ist so kahl hier.
Aber wie kann es im August kahl sein, sagte Paul. Kalt?
Nein, sagte ich, kahl, schal, langweilig, Liebling. Ganz hinten im Garten ...
Dort bin ich einmal Pony geritten, als ich vier Jahre alt war, sagte Paul. Meine beiden Tanten hatten mich in den Zoo mitgenommen. Die eine stopfte mich voll mit Schokolade, und die andere riß mich bei der Hand.

Neun Jahre vorm Krieg.
Am Gemsberg gab es eine Tür. Umarmt standen wir unter ihrem Felsvordach, gegen den Mörtel gelehnt, der aus den Steinfugen bröckelte, grünweiß, voller Flechten. Aber auch so stand einer von uns im Freien, und sein Rücken wurde naß. Ich wollte es nicht sein, Paul auch nicht. Da er aber stärker war, schaffte er es, als wir balgten, sich die Türstellung zu erobern und mich in den Regen hinauszuschieben. Um nicht völlig durchweicht zu werden, preßte ich mich wieder an ihn. So war er von beiden Seiten trocken und geschützt – er hatte, was er wollte.
Du willst alles für dich, sagte ich, du bist unersättlich. Du gehörtest hierher.
Er lachte. Danke, sagte er, und zum Dank hielt er mich wieder in den Regen hinaus.
So hast du beides, sagte er. Teilst du nicht gern?
Als es aufgehört hatte zu regnen, tauchte wieder das Problem mit der Schokolade auf. Paul jammerte, kläglich, schon wie ein Baby: Scho-ko-la-de.
Ich bin nicht deine Tante, sagte ich.
Aber meine Mutter, sagte er.
Auch nicht, sagte ich. Du machst mich zu deiner Mutter, aber ich fühle mich wie meine Mutter.
Beim Ponyreiten gab es nur Eiscreme. Ein Mann kutschierte einen kleinen Karren, der dicke Gummiräder hatte, und zwei Shetlandponys zogen. Wir gingen weiter. Ein Wärter sagte, daß es bei den Seelöwen Schokolade gäbe. Gehen Sie geradeaus, dann rechts um die Biegung. Wir folgten seinem Fingerzeig und blieben bei

den roten und weißen Ibissen stehen. Sie standen alle auf einem Bein auf der Wiese, und sie wirkten wie tropische Blumen, kunstvoll ins Gras gesteckt.
Strelizien?
Ich mochte Strelizien nicht. Paul hatte mir einmal eine Strelizie geschenkt, ohne zu wissen, daß ich sie nicht mochte. Er hatte mich ärgern wollen. Aber er schenkte mir nicht nur Blumen, die ich nicht mochte. Einmal hatte er mir einen Kaktus geschenkt mit einer prallen lachsroten Blüte obenauf. Wir hatten im Café gesessen und waren uns, wie so oft, in die Haare geraten, nicht offen, aber doch merklich. Da war er aufgestanden, hatte einen Blumenladen gesucht und war mit dem Kaktus zurückgekommen. Er tat mir vieles zuliebe, wenn ich's nicht mochte, und vieles zuliebe, weil ich's nicht mochte, und vieles zuliebe, was ich nicht mochte oder wollte. Halt es aus, sagte ich mir zu oft, den Wechsel: die Launen, die Stimmungen, zusätzlich zu denen, die du selber hast.
Ganz hinten im Garten ... Ich erzählte ihm die Geschichte von einem Großonkel, der reich, ein Grandseigneur auf seinen Schlössern, und geizig gewesen war und eine kauzige Phantasie besessen hatte. Seiner ältesten Tochter, die er auf eine Art geliebt hatte, daß er, wie er sagte, sie niemals hätte aus der Hand geben wollen – eine Liebe, die er soweit trieb, daß er ihre Verlobungen auflöste, bis sie schließlich doch den Mann fand, gegen den er auch nichts mehr (belohnend oder strafend) einwenden konnte – hatte er als einziges Geschenk einen Kaktus ins Krankenhaus gebracht, als sie dort mit einem

komplizierten Beinbruch lag. Eine Mark hatte dieser Kaktus meinen Onkel gekostet. Ausschußware. Und der Besuch war sein einziger Besuch in vier Wochen gewesen.

Julia, Liebling, sagte Paul auf meine Geschichte hin, beweise mir doch nicht schon wieder, was du alles gegen mich hast.

Wir kauften eine Tafel Schokolade mit Nuß.

Ein Mann in einer weißen langen Schürze stand auf einer Felsklippe und fütterte die Seehunde im Bassin zu seinen Füßen. Sie schrien und bogen sich gelenkig, um die ihnen zufliegenden Fische einander schon aus der Luft wegzuschnappen. Menschen umstanden sie. Die Waschbären nebenan wurden kaum beachtet, auch die Seelöwen nicht. Die Seelöwen tauchten und sahen bullig und fett aus, die Waschbären hingegen wirkten, wie sie sich gegen die Felsen drückten, sehr nett: kuschelig, ungefährlich, plüsch- und steifftierhaft. Ein sehr großer Bär auf einer Felsklippe sah in seiner gestreckten, hin- und hergehenden Haltung aus, als würde er onanieren. Und von den Nashörnern, die im Kreis gingen, wußten wir, daß sie auf den Tod warteten, aus einem Drehwurm- und Langeweilesyndrom heraus. Wir wußten: beim 7823sten Rundgang wären sie endlich tot. Und zwei andere Nashörner waren da, die, auch aus Langerweile, aufeinander zu gingen und sich die Schädel einrammten.

Vater und Sohn, Vater und Tochter?

Weshalb nicht Mutter und Sohn, Mutter und Tochter, gab Paul mir die Frage zurück, zwei Tanten, die sich

nicht leiden können? Weshalb Vater und Sohn, Vater und Tochter, Julia? Weil es dein Problem ist?
Ich erzählte ihm die Geschichte von zwei indischen Zwergziegen, die ich einmal in der Art der beiden Nashörner aufeinander hatte losgehen sehen. Oder gar nicht in der Art und doch wie sie. Der alte Ziegenbock war an den Stamm einer Olive angekettet gewesen, und der Sohn hatte frei herumlaufen können. Er hatte seine Freiheit aber nicht genutzt, vielleicht hatte sie ihn gelangweilt, und sich statt dessen dem alten Bock immer wieder gestellt. Den ganzen Tag über rannten sie sich die Schädel ein. Bescheuert, nicht wahr?
Wieder sagte Paul, du mußt schon sehr viel gegen mich haben.
Ich sagte, aber du ja auch gegen mich. Andeutungen deinerseits, Anspielungen, schlechtes Gewissen gibt es genug.
Meine Hand auf seiner Schulter, seine auf meiner, gingen wir so an den Löwen vorbei. Es fing erneut zu regnen an, und als es aufhörte, sahen wir einen Trupp alter Frauen, rasch, geschäftig, schwatzend, mit dicken Beinen und Krampfadern. Sie kamen in den Zoo wie ein Trupp Reinigungsfrauen auf dem Weg zum Gemsberg, den sie putzen wollten. Sie kamen dort unsere Umarmungen, unsere nassen Küsse aufzuwischen. Vielleicht liefen sie danach auch weiterhin hinter uns her. Wie gräßlich. Sie hätten sehr viel zu tun.
Ich mag dich doch, sagte ich, Paul, ich lieb dich sehr.

Selbstanzeige

Er sagt, er sei bis vor einem halben Jahr auf andere nicht neugierig gewesen. Menschen verletzen. Menschen setzen die Füße nicht sicher.
Ich mache ein schiefes Gesicht. Was heißt das, frage ich, setzen die Füße nicht sicher?
Er sagt, er habe sich mit ihnen viel zu unsicher gefühlt. Er beobachtete lieber Käfer, bewunderte lieber Schmetterlinge, er sammelte sie. War das eine Welt, sagt er jetzt, ehe May ging.
Ich kann mir die Welt nicht vorstellen.
Er lächelt, über sich selbst verwundert. Beinahe verstehe ich's auch nicht mehr, sagt er, über lebendigen oder präparierten, auf Nadeln gespießten Käfern und Schmetterlingen und sonstigen Objekten, die ich sammelte und archivierte, wurde ich fünfundvierzig Jahre alt.
Arme May, sage ich. Aber ich glaube ihm die so lange, ausschließliche Vorliebe für die Gegenstände nicht. Er wirkt nicht so obsessiv. Ich sage, vielleicht stilisierst du dich auch. Du versteckst dich hinter irgend etwas.
Er zeigt mir ein Foto von sich: die Waldwiese, er abseits von allen, auch in der HJ-Uniform. Ich habe sie und die Uniform gehaßt, sagt er.
Jetzt spricht er von Trambahngeleisen. Er fotografiert. Ich möchte die Fotos sehen. Er zeigt mir Landschaften, Tore, Baracken, Stacheldrahtverhaue, und ich sehe einzelne Steine, einzelne Bäume, Mauern, alles schwarzweiß, Kirchengewölbe, Zimmerdeckenecken, Fassaden. Ich suche vergeblich nach Menschen auf den vielen

Fotos. Ich sage, ich finde mich nicht wieder auf diesen Bildern. Sie machen mir Angst oder mich friert. Wie lebst du oder wen gibt es für dich?
Was willst du? sagt er.
Ich sage, Leute will ich sehen, Gesichter, Leben.
Menschen, sagt er. Die schwarzen Augen hinter der Brille, der Schnauzbart, das helle Gesicht, das einen japanischen Einschlag hat. Du bist naiv. Er lacht auf, bricht das Lachen abrupt ab. Ich kann dir nur einen zeigen, mehr habe ich nicht. Er ist der einzige, den ich auf meinen Bildern festgehalten habe.
Sein sechsjähriger Sohn, mit dem er jetzt allein lebt, kommt mit einem Freund ins Zimmer. Sie haben auf der Straße gespielt, jetzt haben sie Durst und wollen Coca-Cola trinken. Er geht mit ihnen in die Küche und kommt mit den Fotos, die er mir zeigen wollte, zurück. Es sind Fotos einer Schriftwand und da, vor der Wand, hockt ein Mann, man sieht ihn von hinten, er schreibt. Ich erkenne nicht gleich, was er schreibt. Auf ein paar Bildern, die von rechts und halbseitlich aufgenommen sind, sehe ich, daß der Mann eine schwarze Brille trägt. Die Hand, mit der er schreibt, die andere ist nicht zu sehen, ist fleischig, klein, die Knöchel bilden glänzende Hügel auf dem Papier. Ich halte die Fotos nah vor die Augen. Ich brauchte eine Lupe, um das Geschriebene lesen zu können. Nur wenn ich mich sehr konzentriere, was schwer ist, denn die Wortabstände auf einer Zeile sind äußerst gering und der Mann hat obendrein zwischen den einzelnen Zeilen mit Raum gespart, gelingt es, den Blick zu halten, auch das nur für kurz; sehr schnell,

unendlich leicht gerät er zurück ins Rotieren. Namen sind an die Wand geschrieben, Zeile für Zeile: Namen, Vornamen, Familiennamen, Geburts- und Todesdaten. Erst bin ich verblüfft, dann bin ich erschrocken und so, ungefaßt, schaue ich auf die Fotos und höre seinen Erklärungen zu. Er hat den Mann vor der Schriftwand in der altneuen Schul in Prag aufgenommen. Vor vielen Jahren, sagt er, und der Mann auf den Fotos, ein Prager Jude, habe ihm damals erklärt, es sei ihm, einem, der überlebt hat, zur Pflicht geworden, die Namen all derer, die in den KZs und sonstwie von den Nazis umgebracht worden seien, an den Wänden der Synagoge festzuhalten: Namen, Daten von Hunderttausenden tschechischer Juden.

Ein Schock, sagt er, er sei damals auf dem jüdischen Friedhof gewesen, dann in die Synagoge gegangen, die an den Friedhof grenzte, und erst, als er näher getreten sei, habe er gesehen, daß die Wände, die er zuerst nur als ornamental strukturiert empfunden habe, mit diesen unzählbaren Namen beschriftet gewesen seien. Und erst danach, sagt er, entdeckte ich den Mann, der sie beschrieb, er hockte auf Socken in einem Winkel und schrieb, mit einem sehr kleinen Stift reihte er Namen an Namen, wie gedruckt sah das aus, und ich überlegte, als ich ihm bei seiner Arbeit zusah, wie viele von denen, deren Daten er an den Wänden festhielt, er gekannt haben könnte, aber ihn danach zu fragen, wagte ich nicht. Später, fast zwanzig Jahre später, hörte ich von einem polnischen Maler, daß er sich die Aufgabe gestellt habe, alle Zahlen von eins bis unendlich aufzuschreiben. Er benötigte eine Reihe von Leinwänden dazu. Ich schüttelte den Kopf, derlei kam mir flach vor, wie eine akademische Belanglosigkeit verglichen mit der Namensobsession des Prager Juden. Ich weiß nicht, wie viele die Synagoge besuchten, sie war so spärlich erleuchtet, sie wirkte so arm dran, der Kalk bröckelte und warf Blasen, weil die Wand feucht geworden war, aber er, der da hockte, malte drüberhin, Zeile um Zeile, ich bewunderte ihn, aber noch mehr bewunderte ich das, was entstand und was ich anschauen und fotografieren konnte, ich – ungestört von ihm, er – ungestört von mir, er machte weiter, er ignorierte mich, schrieb.

Zweikampf

Ich war weit hinausgeschwommen, und er hatte sich, vom Wald her, der fast bis an den Strand reichte, weit aufs Meer hinaus verflogen. Ich schwamm gelassen, nicht wie damals, als ich von Sizilien nach Neapel hatte entkommen wollen – weinend, Selbstgespräche im Wasser, ein Horizont, der sich auf mich zu bewegte, ohne näherzukommen, das Meer ein großer, weicher, gnadenloser Schoß – und er, statt in den Wald abzudrehen, zurück zu dem Irrgarten voll von seinesgleichen, zur macchia, in der ich Stunden spazierengehen konnte, um mich zu verlaufen, ohne jemanden zu treffen – er hatte, dick und braun wie er war, meerwärts im Wind die Richtung verloren, und nun lag er rücklings im Wasser. Er kreiselte schwach bei dem Versuch, sich auf die

Seite zu kippen, wieder auf die Beine zu kommen, die Wasseroberfläche als Startbahn benutzen zu können; hoffnungslose Bemühung. Ich, damals, war weinend umgekehrt, im Sinn, daß die große Stadt nicht zu erreichen war, hatte meine Tränen in den einen mächtigen Tropfen geheult, aber am Abend, ruhiger geworden und mit Abstand zu meinem Fluchtversuch vom Vormittag, damit beschäftigt, ihn unerträglich komisch zu finden, den Langstreckenwahn von vierhundert Kilometern, die zurück oder zwischen mich und Simon zu legen waren, lag ich doch wieder in dem Bett, aus dem ich am Morgen aufgestanden war, in das ich meine ganze Wassertour lang hatte zurückkehren wollen, nur ohne zu wissen, wie, nur nicht zerstritten, nicht allein. Der Käfer tat mir leid. Ich schwamm auf ihn zu. Ich streckte die Hand nach ihm aus. Er sollte auf meinem Handrücken solange trocknen, bis er wieder Lust hätte, weiterzufliegen. Da fing er zu rasseln an, zu schnarren, rattern und im Wasser zu kreisen, daß es mir den Schrecken versetzte, er würde mich mit seinen sechs Beinen umkrallen und mich mit eisernen Gewichten tonnenschwer unter Wasser treten, um von mir aufzusteigen. Er würde mich auf meiner Hand untergehen lassen. Er war nicht zu retten. Da wurde ich laut, schlug aufs Wasser ein, um aus der Reichweite des Käfers zu kommen. Ich floh dem Ufer zu und sah mich nicht um. Ich wollte nicht sehen, wie er ertrank. Ich stellte mich auf und watete an den Strand, zwischen den Leuten hindurch, die dort im flachen Wasser waren, und suchte nach meinem Handtuch und meiner Brille und meinem Kamm.

Land's End

Simon wollte mit mir verreisen – irgendwohin und auch nicht nur irgendwohin. Cornwall war ihm eingefallen. Er hatte vorgeschlagen, von Bremerhaven aus mit dem Schiff dorthin zu fahren, über London, wo er seinen Sohn sehen wollte. Ich sagte ja, ich freute mich auf die Reise, ich hatte Zeit, war noch nie in Cornwall gewesen, und ich hoffte, daß es entgegen Simons Behauptungen in den paar Tagen nicht regnen werde, die wir dort verbringen würden. Ich sagte nicht: Ich gehe auch im Regen spazieren. Ich sagte: Falls es nur dick vom Himmel kommt, fahren wir eben weiter, bis dahin, wo es nicht mehr regnet.

Aha, du meinst nach Australien.

Ja, lachte ich, weiter im Auto übers Meer nach Australien, genau das.

Unsinn, sagte Simon, ich halte die Hitze dort nicht aus. Du wirst in Cornwall schon bekommen, was du auf keinen Fall haben willst. Man sagt, das Wetter macht nichts aus. Regen hin, Regen her. Das Wetter ist Vorwand.

Ich glaube dir nicht, sagte ich. Oder doch, ich glaube es dir. Wetter verrät. Wetter verrät Empfindungen. Liebe etwa, Herzstechen, Kopfschmerz.

Du kannst ja arbeiten, sagte Simon, du kannst im Zimmer sitzen und weiter an deinen italienischen Übersetzungen basteln. Wenn die Sonne scheint, geht so etwas sowieso nicht. Zu Versen, die man in Italien macht, paßt nur Regen. Gib's zu.

Simons Sohn und seine Freundin begleiteten uns. Michael und Susan waren auch noch nicht in Cornwall gewesen. Michael fuhr Simons Rover. In einem Flecken, den Simon weit im Westen der Halbinsel kannte, suchten wir eine Bleibe. Der Ort hieß St. Just, wir fuhren den b & b-Schildern nach und logierten für bed and breakfast. In zwei Pensionen schließlich, da unter einem Dach zwei Doppelzimmer nicht zu bekommen waren. Die beiden Häuser lagen einen Steinwurf voneinander entfernt. An dem Tag fiel kein Tropfen vom Himmel. Auch am nächsten Tag regnete es nicht.
Ich sah aus dem Fenster unseres Zimmers. Wo blieb der Prüfstein der Vorhersage oder der Liebe. Es sah nur nach Regen aus. Der Himmel war von schweren Wolken verhangen.
Warte es ab, sagte Simon.
Auf der Weide vorm Fenster standen zwei Kühe.
Er sagte, bis jetzt siehst du nur Kühe. Und du siehst, wie sich das Land dehnt – grünbraun und irgendwie ölig. Zum Meer hin fällt es schroff ab. Und jetzt komm. Gehen wir spazieren.
Wir holten Michael und Susan ab, die mit ihrer Wirtin in der Küche saßen, und gingen spazieren. Ich amüsierte mich. Zum Spazierengehen war Simon nach Cornwall gefahren, als gäbe es dafür nicht auch genügend Gegenden in Deutschland. Gut, er hatte Michael sehen wollen, der wie er Engländer war, nur daß Michael in England auch lebte, in London studierte.

Simon war schon oft in diesem Winkel gewesen, und er liebte ihn. Nach dem Krieg hatte er hier sogar eine Weile gelebt. Paßt nur auf, sagte er, als wir zu viert loszogen, nach drei Tagen liegen wir uns so in den Haaren, daß wir uns nie wiedersehen wollen.
Und an wem liegt es, sagte ich herausfordernd.
Ich erhielt keine Antwort.
Beschwör es nicht, Dad, sagte Michael. Ich gebe ja zu, es ist eine sehr amüsante Sache, aber es ist nicht nur amüsant.
Ich hatte eine Abneigung gegen Wandern. Vielleicht auch nur gegen das Wort Wandern.
Vier Wanderer, dachte ich, vier Leute, die Natur nicht grad im Blick haben, vier Stadthocker, die auch jetzt weder aus turnerischem Ehrgeiz noch aus Gesundheits-, Expeditions- oder Erforschungsdrang unterwegs sind. Zwei Männer, zwei Frauen. Ein Vater und ein Sohn und ihre Freundinnen. Simon und Michael und Susan und ich. Susan ist zweiundzwanzig, und ich bin um die Hälfte älter als sie. Einer, der anführt, Simon, und drei, die hinterherlaufen. Eine Szene, als stammte sie aus einem von Simons Filmen. Simon machte mir Spaß. Er machte mir einen so großen Spaß, daß mir die Wörter dafür ausblieben.
Wir sind schon ein komisches Paar und ein komischer Verein, wie wir hier laufen, sagte ich. Susan sieht aus wie ein Rauschgoldengel in ihrem langen Kleid und mit den langen blonden Haaren, und Michael sieht aus wie ein Flippy, Simon mit seiner kurzen schwarzen Krause wie ein Sechsjähriger und ich in den neuen Turnschuhen wie

die einzige professionelle Sportlerin oder die vierte Dimension.

Wir liefen durch die Heide. Simon führte uns an der Steilküste entlang. Manchmal verlor er den Pfad, der überwachsen war von dornigen, breit ausladenden Büschen und von Heidekraut, das kräftig und tief violett blühte, oder er verlor ihn, weil er seinen Gedanken nachhing, und die hatten mit dem nächsten Film zu tun. Eine Schlucht versperrte uns den Weg. Wir bahnten ihn uns durch schulterhoch stehende Brennesseln, wilde Himbeeren, Glockenblumen, die ebenso kräftig und violett blühten wie das Heidekraut, und sonstiges großblättriges, grünes Geschling. Wir verloren uns darin aus den Augen. Oben auf der Heide standen Türme in großen Abständen. Es waren Schornsteine: hohe, zerborstene, halb abgetragene Türme, Stümpfe, rotgraue, grüngraue Überbleibsel von aufgelassenen Zinnminen. Manchmal führte ein Loch tief in die Erde, und hier und dort kam der kahle graue Fels zum Vorschein. Simon gab keine Einführungen oder Erklärungen ab. Er überließ uns alle uns selber.

Wenn ich sonst irgendwo in Deutschland – an einem Fluß, in einem Park, am Meer – mit Simon spazierengegangen war, waren wir nicht auseinandergelaufen, weder er noch ich hatten den Drang dazu verspürt. Wir hatten geredet oder geschwiegen, waren aber hübsch beisammengeblieben. Hier gewahrte man sich von fern und sah sich von fern an.

Manchmal trafen wir beiden Frauen uns, machmal trafen sich die beiden Männer. Wir redeten oder setzten uns für eine Weile auf eine Felsklippe und sahen aufs Meer, auf dem, weit draußen und im Dunst, so daß sie wie Schemen wirkten, Schiffe fuhren. Ein Autowrack, halb in eine verwilderte Schlucht gestürzt. Das Auto war einmal weiß gewesen. Ein weißer Sportwagen war es gewesen. Wer hatte ihn hier hinabgestürzt? Fragen nach Primwörtern: Vehemenz, Hinterlassenschaft. Fragen nach der Primzahl drei.

Simon lief mir immer weit voraus. Wie er die runden Schultern senkte, wie langsam er ging. Der dunkle Hinterkopf, die grüne Jacke, die bräunliche Hose, grübelnd, die Hände in den Hosentaschen vergraben – er paßte ins Bild.

Einer, der führte. Einer eher, der andere hinter sich her lockte. Nur wohin? Und wo blieb der Prüfstein der Liebe? Der Himmel hing nach wie vor, grau, sehr grau und tief.

Michael und Susan gingen jetzt Hand in Hand. Was für eine menschenleere Gegend, sagte Susan, in der man sich wie die ersten übers Wasser gekommenen oder wie die letzten am Ende des Landes angelangten Menschen vorkommt, die nun nicht weiterwissen – wie versprengte Lemminge.

Pompeji, meinte Michael und benannte damit das Minengebiet, auf dem die Türme dichter standen. Mauern waren aufgeführt und eingestürzt, Betonblöcke und Ziegelsteine lagen umher auf der Heide, ein rechteckiges, in den Boden eingelassenes Fundament sah aus wie ein Theaterplatz.

Hätten sie das Auto nicht gleich ins Meer stürzen können, sagte Michael.
Sie, sagte Susan, wer sie? Sie schmiegte sich an Michael, als suchte sie irgendeine Angst zu verbergen oder als suchte sie Schutz bei ihm.
Spurensuche. Die Gegend ließ sich ihr Geheimnis nicht entlocken. Im stillen neckte ich Simon mit ihr. Sie ist wie er, dachte ich, wie Simon, der vorausläuft, weil er hier ganz und gar für sich sein will. Wie er teilt dieses Land nur Phantastisches über seine Vergangenheit mit und Fossiles über das Jetzt. Fang etwas damit an. Es paßt schon zu ihm, es paßt haargenau.
Na, gefällt es dir hier? Simon war stehengeblieben. Er hatte auf mich gewartet.
Ja, sagte ich, und dir?
Du Schaf, sagte er, das weißt du doch.
Schaf, weshalb, sagte ich.
Uns trennt sehr viel, Julia, sagte er.
Kannst du dir Penthesilea hier vorstellen, fragte ich, mit Elefanten und Tigern und großen Doggen?
Simon schürzte die Lippen, dann lächelte er. Sie hätte den amputierten Leib voller Dornen. Und die Tiere könnten weder sie mitsamt ihren einbusigen Damen noch Achill hetzen. Sie hätten die Pfoten voller Dornen.
Ich kann es, sagte ich. Und ich malte mir eine wilde Pracht aus Peitschen und Schreien und Leder und space invaders und Indianerzelten in die Landschaft.
Dir genügt ja auch der Prospekt, sagte Simon. Du mußt deine komplizierten Phantasien nicht auch noch übersetzen.

Schaf, sagte ich, uns trennt sehr viel. Aber es soll uns auch vieles trennen. Es kann uns gar nicht genug trennen. Sonst hätten wir uns längst satt.
Ich setzte mich auf einen Felsvorsprung und sah aufs Meer. Simon konnte den Anblick nicht ertragen. Ich hatte mich wohl zu weit vorgewagt. Er kehrte sich ab und schlenderte weiter.
Lauf, dachte ich, lauf lieber, so weit du kannst, hier, auf diesem Zipfel der Erde, treffen wir uns Rücken an Rükken. Es ist aufregend, es ist neu, es ist fremd, es ist schön. Nur Susan hat, glaube ich, Angst, Simon. Irgend etwas ist mit ihr los. Sie ist anders als vorher.
Susan war zurückgeblieben. Ich glaubte, daß sie Simon aus dem Weg gehen wollte und daß sie es um so mehr wollte, je länger wir unterwegs waren. Sie ließ Michaels Hand nicht los. Also hielt sie auch Michael von ihm fern? Vermutlich glaubte sie, daß Simon ihr Michael wegnähme, daß Michael ihr entglitte. Die alte Geschichte. Da waren sie nun schon zwei Jahre lang befreundet, gemeinsam hatten sie Simon in Deutschland besucht, und Simon war mehrmals nach London gekommen, gewiß um hauptsächlich Michael zu sehen, aber doch auch sie beide. Also traf Simons Voraussage jetzt schon ein. Das erste Anzeichen eines Wetterumschwungs war da. Es fing mit dem Einander-unausstehlich-Werden schon an.

Wir waren noch nicht ganz drei Stunden gelaufen, als es zu tröpfeln begann. Schnell wurde aus dem Stricheln ein starker Regen, der jede Sicht nahm und das Land wie

hinter Milchglas rückte. Da hatten wir aber schon einen Ort erreicht und konnten uns unterstellen. Ein Bus fuhr uns nach St. Just zurück.
Das Land verschwand hinter den Busfenstern. Na, sagte Simon, habe ich zuviel versprochen?
Regen, ganz in Weiß, sagte Susan sehr leise, wie Schnee.
Die Liebeserklärung des Himmels an dich, spottete ich, der Himmel hält Hochzeit.
Wir fühlten uns ortlos im Bus, aber der Fahrer kannte den Weg auch durch die milchigen Schleier hindurch und drosselte die Fahrt nicht. Michael amüsierte sich darüber. Kein Fahrplan nimmt auf die Wetterverhältnisse Rücksicht, sagte er. Dort steht eine festgesetzte Zeit, ob es nun regnet oder schneit, ob die Sonne scheint oder ein Baum quer über der Fahrbahn liegt. Am Fahrplan ändert es nichts. Auf dem Plan ist alles gleich.
Das Land war fort, die Stadt kaum zu sehen.

Abends gingen wir in Penzance ins Kino. Ein James Bond-Film lief. Susan kam nicht mit. Sie täuschte nicht Kopfschmerzen vor, sie hatte sie tatsächlich. In ein Stimmungsloch gefallen, wollte sie im Bett bleiben. Sie meinte, Simon würde sie übersehen. Sie nannte ihn zwar beim Vornamen, es fiel ihr aber schwer, es hinzunehmen, daß er nicht irgendein älterer Mann war, eine Art Vetter oder Onkel, dem man Liebesbriefe schickt. Sie meinte, in Simons Augen nichts anderes zu sein als die Freundin seines Sohnes.
Simon wies es zurück. Er mochte doch Susan. Und die Zuneigung, die er für sie hatte, ließe er sie, sagte er, auch

spüren. Und tat damit etwas, das er mit Zweiundzwanzigjährigen gewöhnlich nicht machte. Zweiundzwanzigjährige interessierten ihn kaum.
Susan bewunderte Simon. Sie bewunderte den großen Mann in ihm, die Sicherheit, mit der er etwas tat, die Fähigkeit, sich von anderen nicht berühren zu lassen.
Simon war 1933 als Kind mit seinen Eltern von Deutschland nach England gekommen. In London war er aufgewachsen, in London hatte er studiert, in London hatte er geheiratet. Als Dreißigjähriger, nach der Scheidung, war er nach Deutschland gegangen. Wirklich zurückgegangen konnte er nicht sagen. Er wußte nichts mehr über Frankfurt. Er war in ein anderes Land gekommen als ein englischer Filmregisseur. Susan liebte ihre Mutter. Sie mochte ihren Vater nicht. Simon ging nicht darauf ein.
Wenn Susan eingeschüchtert war, redete sie mit einer albern piepsenden Stimme. Jetzt hatte sie sie wieder. Sie hatte wieder ihre Babystimme.
Sie soll nicht Dinge auf mich projizieren, für die ich nichts kann, sagte Simon zu Michael, für die ich nicht verantwortlich bin.
Ja, Simon, sagte Michael.
Und paß auf, daß sie nicht noch in dir ihren oder einen Vater sieht, sagte Simon.
Sie tut es schon, sagte Michael. Sie ist zweiundzwanzig, und ich bin zweiundzwanzig. Sie ist meine Freundin, und ich bin ihr Freund, aber ich bin ihr Vater.
Wenn du es so gern hast, sagte Simon, vermutlich tut es dir gut.

Michael antwortete nicht darauf.
Sie fordert dich nicht eben heraus, sagte Simon, das finde ich ein bißchen schade. Wahrscheinlich möchte sie ganz schnell heiraten, bloß um beschützt zu sein.
Ja, sagte Michael.
Und du würdest es tun, sagte Simon; falls sie darauf bestünde, würdest du es tun. So wie ich damals. Darin sind wir uns gleich. Tu es nicht, sage ich dir, geh du eher weg, oder schicke sie weg.

Was bist du, fragte ich, als wir auf dem Bett zusammenlagen. Ein Luchs, falls dieses Tier Frauen zerstört, ein Luchs, falls es sie verehrt.
Ich bin ich, sagte Simon.
Unfaßbar, das erste Tier, das von einem anderen träumt.
Ich bin ich, sagte Simon. Fängst du jetzt an wie Susan? Muß ich mich jetzt gegen dich wehren?
Nein, sagte ich. Ich wehre mich gegen mich, gegen das Stück Susan in mir.
Viel Spaß, sagte er.
Sei nicht so grob, wünsch mir lieber viel Glück.
Also dann viel Glück, sagte er. Ich sah auf ihn hinunter, sah lange Zeit in sein eines braunes Auge, sah wieder, wie schräg es geschnitten war, dann sah ich in sein anderes braunes Auge, dann betrachtete ich seinen Mund. Am Ende zog er meinen Kopf zu sich hinunter.
Ich weiß nicht, wann du mir zum erstenmal begegnet bist, sagte er, vor zwanzig Jahren, vierzig, ich weiß es nicht.
Simon war ein Nomade. Mir wäre es nie eingefallen,

ihm Frauenfeindlichkeit nachzusagen wie viele es taten. Zerstörten nicht Frauen auch Männer? Simon hatte etwas gegen Ehemäßiges. Viele übersehen den Unterschied, der zwischen Frauenfeindlichkeit und einer antiehelichen Einstellung besteht. Auch ich brauchte Kraft, um Simon den Drang nach Alleinsein nicht zum Vorwurf zu machen, ihn nicht als Zurückweisung zu empfinden. Er war verheiratet gewesen. Als er weggegangen war, hatte er eine noch junge Frau und einen kleinen Sohn zurückgelassen. Verkraftete man das? Ich wußte es nicht, aber mir schien, Simon habe es nicht getan. Vielleicht hatte ihm auch damals die Frau nicht gereicht. Ich war niemals verheiratet gewesen. Nach der Scheidung war er nicht wieder wirklich seßhaft geworden. Er vagabundierte durch Länder, durch Menschen, wobei gleichgültig für ihn war, ob es Männer waren oder Frauen. Es war auch die Manie, ungebunden zu sein, immer etwas anderes zu machen. Ständig war er auf der Suche nach etwas Neuem. Er war wie der Hexer über den Töpfen, hatte stets wenigstens fünf Filmprojekte im Kopf, und die Versessenheit auf alle ließ ihn abweisend und rücksichtslos erscheinen. Jetzt wollte er einen Science-fiction-Film über eine Generation von Supermännern machen, die alle an ein und demselben Tag geboren waren. Das göttliche Zeichen, das sie davon zurückbehielten, war ein goldenes Auge. Sie würden so verliebt in ihre Mütter sein, daß es ihnen nicht einfiel, auch anderen Frauen nachzugucken. Sie würden die Mütter schwängern und mit ihnen nur Töchter zeugen, obwohl sie sich nach Söhnen sehnten. Das Tabu lag dort: sowie sie Söhne hätten, geriete die Herrschaft, die sie über das Weltall hatten, in Gefahr. Natürlich war einer unter ihnen, der sich in eine fremde Frau verliebte und mit ihr den Sohn zeugte, der wiederum das goldene Auge hatte und mächtig genug war, ihr für die Ewigkeit etabliertes Reich zu bekriegen und ihre Herrschaft zu stürzen. Das übliche Schema – sonst ergab sich kein Konflikt, kein Kampf, keine Gefahr. Und Simon suchte nach Darstellerinnen. Er legte Wert auf die suggestive Kraft von Frauen in seinen Filmen, und verkleinernd bezeichnete er diese Kraft als sexy.

Wenn wir diese Reise hinter uns hatten, würden wir uns wieder mehrere Wochen lang nicht sehen. Beide würden wir arbeiten, wir würden nichts von uns hören lassen. Es war schwer, das durchzuhalten, sich so in Ruhe zu lassen. Wenigstens mir fiel es schwer. Simon würde aus meinem Gesichtskreis verschwinden, als hätte es ihn niemals gegeben, als wäre er eine Sehnsuchtserfindung, eine Phantasmagorie der Vergangenheit, die Theorie des zärtlichsten, liebevollsten und liebehungrigsten Menschen, den ich kannte.
Natürlich mußte ich mich auch gegen ihn verteidigen. Simon war ein Verneiner. Was immer ich vorbrachte, er widersprach. Es war für ihn eine Art Spiel, dessen er sich vielleicht gar nicht so recht bewußt war. Ja, aber ... nein, aber ... hieß es dauernd bei ihm. Meist brachte er seinen Widerspruch ohne den offen angekündigten Auftakt vor. Ich mußte aufpassen. Ich mußte höllisch aufpassen, daß es beim Verneinen blieb.

Am letzten Tag fuhren wir nach Land's End, der äußersten Spitze von Cornwall. Die Sonne strahlte. Da Sonnabend war, waren viele Spaziergänger unterwegs. Möwen sonnten sich auf einem Felsplateau vor den Klippen. Sie schauten aufs Meer, und die Menschen schauten aufs Meer, picknickten, und wo viele im harten Gras lagerten, hing eine Duftglocke aus Ölen, Cremes und Sprays in der Luft. Auf dem Parkplatz am Ende der Straße standen Hunderte von Autos. Das Benzin war gerade wieder rationiert worden. Die meisten Tankstellen gaben jetzt nur noch bis zu drei oder vier Gallonen aus. Es schien nicht ins Gewicht zu fallen, wenigstens hielt es niemanden vom Wochenendausflug hierher ab. Leben war Sport, und Autofahren war Sport, und Spaziergengehen war Sport und das Land hier sowieso zu Ende.

Es ist schön hier, sagte ich zu Simon, nicht nur weil jetzt die Sonne scheint. Mir gefällt die Gegend, die du so magst.

Wir lagen ausgestreckt im Gras. Ich hatte meinen Kopf auf Simons Schulter gelegt, er seinen Arm an meiner Seite. Er preßte mich nur schweigend an sich, dann fuhr er mir mit der Hand den Hals hinauf und streichelte mir über die Haare.

Du sagst nichts?

Nicht jetzt, sagte er.

Susan saß neben mir im Fond des grauen Rover, den Michael steuerte, und rauchte eine Zigarette nach der anderen.

Ich rauche, wenn ich deprimiert bin oder nervös, flüsterte sie mir zu. Sie versuchte, sich fröhlich und ungezwungen zu geben und nicht aufgeregt zu sein, als ihr Simon Fragen zu stellen anfing – über ihr Literaturstudium, das sie gerade beendet hatte, über ihre Eltern und das Haus in Barnstable in Nord-Devon, in dem sie aufgewachsen war.

Laßt uns doch vorbeifahren und es anschauen, wenn es sowieso auf dem Weg nach Woolacombe liegt, schlug Simon vor.

Susan strahlte. Das Haus liegt vor der Stadt, sagte sie. Wo genau, wußte sie nicht mehr, nur noch, daß der Weg nach links von der großen Straße abbog, ein Weg unter Bäumen, Feldweg fast, damals wenigstens, und dann war es eins der ersten Häuser. Ein einstöckiges Haus in einem Garten, mit üppigen Rosenstöcken, einem hölzernen Gartentor, ein paar Stufen, die zur Terrasse hinaufführten, einem Rasenhang.

Simon hörte ihrer Beschreibung sehr genau zu. Er neckte sie und zwang sie damit, so genau in ihrer Schilderung zu werden, wie sie nur konnte.

Hoffentlich geht es gut, dachte ich.

Wir fuhren jetzt dorthin. Danach weiter nach Woolacombe, einem Badeort im nördlichen Devon. Susan hatte viel von ihm erzählt. Es war ein Ort, in dem sie vor drei Jahren sehr glücklich gewesen war. Schon in London hatte sie vorgeschlagen, dorthin zu fahren. Sie wollte uns Woolacombe zeigen. Daran hielt sie jetzt fest, den Erfahrungen in Cornwall zum Trotz.

Hoffentlich geht beides gut, dachte ich. Sie nimmt es

jetzt mit Simon auf, und er bemüht sich sichtlich um sie. Susan sah die Abzweigung von der Straße schon von weitem. Ihre Erinnerung trügte sie nicht. Sie fand schnell das Haus, auch die Beschreibung des Hauses stimmte. Wir parkten den Wagen, liefen ein paar Schritte und sahen uns das Haus an. Simon sagte, Susan solle sich vors Gartentor stellen, er wolle Fotos von ihr mit dem Haus im Hintergrund machen, ein Foto für sie, eins für Michael, eins für ihn, Simon. Und Susan stand da: etwas linkisch jungmädchenhaft, sie lächelte, die blonden Haare fielen offen über die Schultern, ihr geblümtes Kleid, das bis zu den Knöcheln reichte, paßte zu den weißen und rosa Rosen, welche das Gartentor umrankten. Die hohe Stirn, die verträumten Augen, der große sinnliche Mund – es war, wie sie da stand, als käme sie aus einem verwunschenen Bild, ihrer Kindheit eben oder irgendeiner Phantasie davon.
Michael legte den Arm um sie, spielte den scheuen Liebhaber, indem er den Kopf nur leicht gegen Susans Schulter lehnte, gleichzeitig aber frech in die Kamera sah. Mit überkreuzten Beinen stand er da. Seine linke Fußspitze berührte den Boden. Susan sah ihn an, glücksüberstrahlt. Für das letzte Foto spielte Michael den Clown. Er blies die Backen auf und schielte.
Weiter, nach Woolacombe. Michael legte eine Kassette von Joe Cocker ein. Simon stellte sie nach ein paar Liedern ab und schob eine Kassette mit Strauß-Walzern in den Recorder. An der schönen blauen Donau erklang, danach der Kaiserwalzer. Simon drehte die Musik sehr laut auf, kauerte sich in sich zusammen und sang mit.

So, von der Musik fast betäubt, fuhren wir in einen Sonnenuntergang hinein, der taubenblau und lind und gelb und rosa war, dann fuhren wir am Meer entlang. Eine große, offene Bucht kam in Sicht, und wir sahen die Lichter von Woolacombe. Es war gegen zehn Uhr abends, und der Ort war tot. Eine bescheidene, altmodische Hotelpension reihte sich neben die andere, leichenhaft, irgendwie sanatoriumsmäßig. Wo war das Leben, von dem Susan geschwärmt hatte. Sie hatte von vielen jungen Leuten erzählt. In ihren Erzählungen war Woolacombe der hellste, sonnenüberflutetste Badeort der Welt, ein Ort wie eine Insel, Insel der Jugend. Was wir zu Gesicht bekamen, machte eher den Eindruck, ein Ort für alte Leute zu sein, für Rentner, die sich noch eben geringfügige Ausgaben leisten konnten, alte Ehepaare, die schon am frühen Nachmittag vorm Fernsehgerät in der Hotelhalle saßen oder dort lasen oder sich unterhielten oder Karten spielten oder schrieben, und die Frauen strickten und stopften, und zwischendurch schliefen sie ein.
Simon fing mit einem Mal an, sich nach Interconti Hotels zu sehnen oder Atlantics, Hiltons und Kempinskis, einer Welt, in der der Service funktionierte und die Bäder geräumig waren und die Betten nicht Sarkophage, eine Alternative jedenfalls, die für ihn die Kehrseite von bed & breakfast war. Eine Nacht, sagte Simon, und ein Morgen.
Steigere dich jetzt nicht hinein, sagte ich. Wir haben sowieso nur vorgehabt, eine Nacht hierzubleiben und am Morgen nach London zurückzufahren. Sperr dich nicht

so, warte doch ab. Später sagst du dann wieder, aber in der Erinnerung war es doch ...
Aber während ich es sagte, dachte ich: Lieber Himmel, das Meer ist auch hier viel zu kalt, ich kann hier nicht baden.
Michael schwieg.
Fast am Ortsausgang hielten wir vor einem Hotel, das Castle Rock hieß. Eigentlich hatten wir dort nur wegen des Namens gehalten, Castle Rock klang nach etwas, ob es nun etwas Geheimnisvolles oder nur Heruntergekommenes, spießig Mittelständisches, Muffiges und Schäbiges meinte. Der Schuppen ist für dich, sagte Simon zu mir. Hätte das Ding Red Barn oder Crossed Arms geheißen, wäre es für Susan gewesen.
Ich konnte nichts dafür: aber all dieser Jammer, den Susans Paradies-Woolacombe in Simon auslöste, vermochte die starke Fröhlichkeit in mir nicht zerstören. Ich sah Simon an, eine Goethe-Zeile fiel mir ein. Warum gabst du uns die tiefen Blicke – ich wußte nicht, wie das Gedicht weiterging, ich hatte noch ein paar Zeilen vom Ende im Kopf: Sag, was will das Schicksal uns bereiten? hieß es da. Sag, wie band es uns so rein genau? Ach, du warst in abgelebten Zeiten meine Schwester oder Frau. Kitsch, die Fröhlichkeit des Kitschs.
Verliebt, je mehr Simon sich erregte, desto gelassener war ich.

Kein Restaurant oder Café im Ort hatte mehr auf, aber wir konnten im Hotel noch ein paar Sandwiches bekommen. Die Hotelbesitzerin kümmerte sich selber

darum. Sie half einem blassen, hochaufgeschossenen jungen Mann, in dessen Gesicht eine schwer Akne Narben hinterlassen hatte, im Durchgangszimmer neben dem Pooltisch zu servieren. Das Zimmer, es ließ sich schwerlich als Halle bezeichnen, war lang und schmal, vollgerümpelt mit Kommoden, zerschlissenen Sesseln, Uhren, die auf Vitrinen standen; fadenscheinig gewordene Teppiche lagen am Boden, und an den Wänden hingen düstere Meeresansichten.
Die Hotelbesitzerin war keine Engländerin, sie war Amerikanerin. Eine üppige Blondine mit hochgesteckten Haaren. Sie trug ein langes weißes Abendkleid, auf das große blaue Mohnblumen gedruckt waren. Das Kleid rauschte, wenn sie vorbeiging, und sie war betrunken. Sie trank Dry Martini, und sie gab ihr Glas nicht aus der Hand.
Was hat Sie bloß in dieses gottverlassene Nest geführt, fragte sie, als sie schwankend aus der Küche zurückkam, wo sie sich einen neuen Dry Martini gemixt hatte. Sie war stehengeblieben und sah auf uns hinunter, aber ihrem Gesicht war anzumerken, daß sie nicht wirklich auf eine Antwort wartete. So ein gottverdammtes Nest, sagte sie und ging weiter.
Susan weinte beinahe.

Simon und Michael machten früh am Morgen Einkäufe. Dann wollten sie aufbrechen. In der Zeit wuschen Susan und ich uns die Haare. Wir standen, mit den großen weißen Hotelbadetüchern die nassen Strähnen rubbelnd, an den beiden kleinen Fenstern von meinem

Zimmer und sahen aufs Meer hinaus, das grau unter uns lag. Es dünte, und die Wellen brachen sich schwach in den Felsen. Es wirkte schmutzig, weil es regnete. Ein Badeort wie dieser im Regen – gab es Trostloseres. Die Feuchtigkeit zog in die Knochen. Ich bestellte uns einen Kaffee aufs Zimmer; Susan rauchte, während sie sich ihren Kummer von der Seele redete. Sie sagte, sie habe sich bis gestern keine Vorstellung davon gemacht, wie schwer es sei, anderen Orte oder Plätze zu zeigen, die man selber mochte. Schwer, nicht unmöglich. Simon sei es mit Cornwall ja gelungen. Was immer dort passierte, auch was das Wetter anlangte, nichts habe die Stimmung zum Einsturz bringen oder zerstören können.
Ich tröstete Susan: Sie habe es riskiert, und das sei doch das Wichtige dran – Susan mit dem Kopf gegen Simon, mit dem Kopf gegen Michael, mit dem Kopf gegen mich. Und ich dachte: Simon hat geschwiegen.
Susan wollte keinen Trost. Sie wollte Verständnis und wies es gleichzeitig von sich. Sie wollte ihre Geschichte loswerden. Sie beugte sich weit aus dem Fenster und beschrieb mit der Hand – im Bogen über die Steilküste und die Heide –, wo sie in einem anderen Sommer umhergelaufen war und gesessen hatte, um in den Sonnenuntergang zu gucken, und glücklich gewesen war. Sie zeigte, wo sie gebadet hatte, und wo die großen Brandungswellen sie beinahe erwischt hatten, und sie beschrieb das kleine Café, in dem sie mit vielen anderen jungen Leuten, die jobten, wie sie, gekellnert hatte. Ein modernes Café mit roten Stühlen und Gummibäumen in Kübeln, sehr breit, sehr tief, mit einer Bar, auf eine Art weniger

englisch als amerikanisch. Ein Café für Cheeseburgers und Hamburgers und Instant-Kaffee und Limonade. Susan hatte damals gerade die Schule hinter sich gehabt. Sie war auf eine Mädchenschule gegangen, die sie nicht gemocht hatte. In dem Sommer in Woolacombe hatte sie sich zum erstenmal verliebt. Sie hatte das erste Mal mit einem Jungen geschlafen. Sie hatte Freunde gewonnen. Und wenn sie abends mit der Arbeit fertig gewesen waren, hatten sie noch zusammengesessen und gequatscht, manchmal hatten sie sich auch wirklich und sehr ernsthaft unterhalten, oder sie hatten gesungen, wozu sie, Susan, ihre Gitarre gespielt hatte, oder sie waren in der einzigen Discothek, die es im Ort gab, tanzen gegangen. Und sie waren mehr Jungen gewesen als Mädchen.
Susan wandte sich bei ihrer Abfahrt nach London hinten im Wagen zurück. Dann bat sie mich um eine Zigarette. Die Straße stieg leicht an. Man übersah den Ort und die Bucht. Auch ich schaute zurück. Ich wußte jetzt, wo Susans Café stand – wir waren daran vorbeigefahren, und ich wußte, wo sie über die Hügel gegangen war und den Sonnenuntergängen über dem Meer zugeschaut hatte. Als ich jetzt im Regen zurücksah, fühlte ich mich elend. Jetzt war ich es, die sich von uns allen am elendsten fühlte. Weich, traurig. Von Simon und Susan zerrissen. Was war es? Diese Wendung machte mich unruhig, ohne daß ich wußte, warum. Ich spürte mein Herz. Ich spürte, wie es jetzt stach.

5. Symphonie

Straßen taub machender Lärm Steine Fassaden feudale Portale Kutschen die zweispännig fahren Straßenbahngeleise sie glänzen Straßenbahngeklingel Plätze offene Plätze Pelze eilige Bürger Benenn sie! Hofräte Schulräte Stadträte ich sehe Advokaten Bankdirektoren Superinspizienten Ladeninhaber Leutnants Majore Rekruten. Lange Mäntel Bratenröcke Vatermörder Uniformen Stiefel Galoschen Gamaschen Lackschuhe Handschuhe mit Stöcken Säbeln und hohe Hüte Zylinder. Zylinder die grüßen. Kappen die grüßen. Uniformmützen. Männer nur Männer die anhalten die Köpfe zusammenstekken die schwatzen. Das Getuschel Gezeter Gezänk. Ein riesiges Ohr taucht plötzlich auf. Die Musik ist nur noch Ohr, sie horcht. Sie sieht: ist nur noch Auge. Da von anderswoher: wie sie zusammenlaufen in ihren Pantinen Galoschen in ihren Gamaschen und Stiefeln. Heilloses Gehetze. Blank grau in grau alter verregneter Filmstreifen. Abseits. In der Entfernung. Bäume. Flanieren unter Bäumen. Frauen spazieren da in langen Kleidern tiefen Taillen mit Regenschirmen Sonnenschirmen die mit Troddeln und Spitzen besetzt sind. Wie sie die Schirme drehen. Die Causerie unter Hutnadeln Haargestecken die schwer sind. Schirme Schleier überpuderte Haut. Künstliche Blumen Moschus verströmende Sträuße. Fort damit. Weiter. Tänze auf dem Dorfplatz derbe weiße Leinenschürzen schwarze schwere Röcke Beine pralle Waden. Da, wieder die Stadt. Stimmengewirr schrill grell. Männer die eilig weiterhasten. Das Pogrom. Männer die tun als hätten sie nichts gesehen. Die tun als hätten nicht sie sich auf die anderen gestürzt mit ihren Füßen Fäusten und Stöcken, die anderen: drei vier getreten blutig geschlagen auf dem Pflaster umringt bespuckt. Daneben die Straßenbahngeleise sie glänzen das Geklingel der Verkehr geht weiter alle Bahnen fahren. Die dort stehen sind die Männer vom Anfang, die herbeigerufenen herbeigeeilten Polizisten weismachen daß nicht sie sondern ... Die den Schutzleuten einreden daß ein Anonymus verübt hätte was geschehen ist, Augenzeugen die gesehen haben wollen wie die Täter flüchteten in die Winkel Hofportale unaufhaltbar unerkannt, Zeugin Musik, die Polizisten stehen da jovial verschränkte Arme Standbein Spielbein: Sie rauchen von den angebotenen Zigarren. O der Sumpf.

Wieder die hastenden mit Stöcken schlagenden auseinandersprengenden Schatten, wie sie einhauen auf die am Boden. O der Sumpf. Ich sehe alles: Die Musik zeigt es mir die Musik die sich abwenden wollte wie ich und sich nicht abwenden konnte wie ich. Da ist groß wund ihr sich verströmender Mund. Ein Schrei Aufschrei nach Liebe. Der Sumpf wieder der Sumpf das Weinen. Fratzen Fetzen Stöcke. Die Szene verläuft sich, geht über in Tanz Spuk. Ein hell erleuchteter Ballsaal taucht auf. Ein Kostümfest: Goethe sehe ich in weiter Entfernung und weit in die Entfernung gerückt Neptun Artemis Zeus Aphrodite die Nymphen. Ich sehe von außen herein von den Tanzenden abgeschnitten durch die Front der Fenster. Die Musik hierzu höre ich nicht. Ein Zug von

Männern und Frauen in Sträflingsanzügen kommt die Straße entlang an meinem Beobachtungsposten unter den Fenstern vorbei. Eisenbahnzüge verschwinden am Horizont und ich sehe auf Tote und Knochen. Ich fahre auf schüttele mich aus meiner Totenstarre. Schnell taucht die Straße wieder auf: die Hüte der Verkehr das Gehetz. Ich schüttle es ab wie ein Hund der sich die Wassertropfen aus dem Fell schüttelt. Durchs Fenster fallen die Schatten der kahlen Linden ins Zimmer. Ich sehe ihr Muster an der Wand. Fragen fallen mir ein: Warum hast du gelebt? Hast du gelebt?

Menschen in León

Niemand wußte genau, wann der Grenzübergang schloß oder ob er offen war, und falls er geschlossen wäre, für wie lange: ob man ihn in der Nacht noch öffnete oder erst am nächsten Morgen. Mir kam es vor, wie vor Jahren an einem Grenzübergang von Österreich nach Jugoslawien. Wir waren aber in San José in Costa Rica und wollten nach León, das in Nicaragua liegt.

Wir werden sehen, sagte Peter, irgendwann kommen wir schon an, und Donna Marguerita hat jedenfalls genug Zeit, inzwischen unter die Betten zu gucken und die Schlangen aus dem Zimmer zu kehren! Ich habe mit ihr telefoniert.

Donna Marguerita gehört das Hotel Europa in León. Im vergangenen Winter, als Peter seinen Film drehte, hatte das Kamerateam bei ihr gewohnt. Guido Saénz, ein kleiner zarter Mann, holte uns ab. Auf der Leinwand hatte ich ihn zuletzt als Geisel gesehen, halbnackt und voll Blut. Jetzt, in dünnem Anzug, mit Weste und weißem Hemd, kam er mir vor, als wäre er direkt aus dem Film auf die Regierungsseite übergelaufen. Er fuhr uns zur Filmgesellschaft. Mit einem ihrer Busse wollten wir nach León fahren. Die Abfahrt verzögerte sich. Sie hatten vergessen, den klapprigen Ford auszuräumen: Kabel, Stative, Lampen, Kisten, Zeitungen. Außerdem hatte das Büro vergessen, beim Verkehrsministerium die Genehmigung für den Transport des Wagens von Costa Rica nach Nicaragua abzuholen. Jemand rief an, jemand fuhr hin. Es war heiß. Wir kauften Obst auf dem Zentralmarkt, und Orangensaft und Coca-Cola und ein paar Sandwiches. Um zehn Uhr morgens hatten wir ab fahren wollen – jetzt war es zwölf. Als endlich das Papier vom Ministerium kam, waren wir noch immer nicht soweit. Erst fehlte der Ersatzreifen, dann das Werkzeug, um ihn zu montieren. Auf dem Weg zur Werkstatt auf der Schnellstraße ging uns das Benzin aus, und die Autos kamen uns auf beiden Spuren entgegen. Wir schoben den Bus an den Bordstein, während die Autos an uns vorbeirasten. Peter zog los, um an der nächsten Tankstelle fünf Liter Benzin zu holen. Ich setzte mich unterdessen am Straßenrain ins Gras, aß Mangos und Ananas in der Hitze, gegen die Hitze. Zwei Jogger kamen den Grasstreifen entlanggerannt, einer setzte über mich hinweg.

Ob wir es noch bis zur Grenze schafften? Jedenfalls lag San José hinter uns, sechs mal sechs Straßen im Karree: ein einziges Woolworth, geschwängert von Abgasen. Wir saßen in dem Bus mit Wattebäuschen in den Ohren, halb taub, ganz stumm von seinem Gedröhn.
Das Grün der Täler griff bis zum Horizont, bis zur grünen Kette der Berge. Peter raste – wegen der Grenze. Ich hatte mich jetzt losgelassen, sah hinaus und genoß den Moment. Einmal war es ein kleiner Junge in roter Hose, rotem Hemd und roter Mütze, der hinter einer Kurve auf einem Pferd über die Straße trabte. Dann war es der Anblick des Pazifik, als wir die Höhe des Passes erreicht hatten. Dort, jenseits einer weiten grünen Ebene, die an ihren Ausläufern auch wieder von Bergen eingerahmt war, das Wasser, nachmittäglich, im Glast – ich dehnte mich in dieser Weite. Keine Menschen. Ich hatte zweieinhalb Monate Australien, Kanada und USA hinter mir, eine Lesetour durch die German Departments der Universitäten zweier Kontinente. Jetzt hatte ich Ferien.
In Liberia hielten wir an. Bei einer Kaffeepause erfuhren wir, daß die nicaraguanische Grenzstation nicht vor acht Uhr schlösse. So brauchten wir nicht weiter zu hetzen. Es war eine reiche Gegend, durch die wir fuhren. Rinderherden. Handgeschriebene Wegweiser führten zu den Haziendas und Fincas. Je näher die Grenze kam, desto seltener wurden die bunt gekleideten Männer auf den bunt gezäumten Pferden am Straßenrand. Nur Busch blieb übrig, wir waren fast allein auf der Straße. Kurz vor der Grenze winkten zwei Männer bei einem LKW mit einem weißen Tuch. Den einen nahmen wir

mit. Sein wildes Gesicht hatte viel Platz für die Aufregung, die sich darin ausbreitete. Er sagte, er habe an der Grenze ein Papier für seinen LKW liegenlassen, er brauche es unbedingt für den Transport seiner Ladung von Guatemala nach Costa Rica. Was für eine Ladung es war, bekam ich nicht heraus. Er verstummte auf seinem Sitz in einer Art finsterer Dankbarkeit, rauchte nur noch, und ich ärgerte mich, daß ich mich bloß auf italienisch verständigen konnte. Die costaricanische Grenzstation lag in einem Wald. Es war ein einzelnes kastenförmiges Haus mit einer Bar und einem großen, hohen Schalterraum. Peter trieb die Beamten zu etwas mehr Eile an, sie ließen sich antreiben, schalteten auch extra für uns das elektrische Licht an. Auf der nicaraguanischen Seite stoppte uns ein junger Soldat, der kaum sechzehn Jahre alt sein mochte. Mit einem Dutzend Frauen samt Kindern und Koffern, die auch nicht weiter durften, wurden wir zum Publikum: Fünfzig Meter vor uns stolzierten drei Soldaten um einen Fahnenmast, einer wickelte die nicaraguanische Fahne aus, dazu flogen ein paar Kommandolaute herüber, es fehlte nur noch Musik. Es war die gleiche Fahne, wie sie Somozas Soldaten vor Sonnenuntergang zu hissen pflegten – aber das Ritual hatte eine andere Bedeutung bekommen. Vögel schrien aus den Bäumen herunter, die Frauen standen, wie die Grenzsoldaten, stramm und sahen der Zeremonie voller Genugtuung zu. Nach der Fahnenzeremonie ging es ein Stück weiter bis zum nächsten Stop. Die Reifen des Wagens mußten mit einer Spritze gegen Schweinepest desinfiziert werden. So saßen wir eine kleine

Weile in einer Wolke aus Chemie, dann erst ließen sie uns zur Grenzstelle vor. Viele Schalter wie in der Grenzstelle von Costa Rica, aber keine Bar. Den Paßkontrolleuren merkte man an, daß sie Neulinge in dem unsympathischen Geschäft waren. Wie jung sie waren. Einem, der meine Paßdaten mit der Schreibmaschine übertrug, hatte sich das Farbband verheddert. Eine Weile sah ich ihm zu. Er quälte sich und die Maschine, mit der mein Beruf mich vertraut gemacht hatte. Würde es seinen Stolz kränken, wenn ich ihm half? Er ließ es mit einem strahlenden Lächeln zu. Wir wechselten die Stühle. Dann saß er wieder an seinen Tasten. Sie machten ihm großen Spaß. Er tippte, als mache er Musik. Er hatte einen sehr eigenwilligen Rhythmus – fließend, trommelnd, mit allen zehn Fingern fliegend; abgerückt, mit ausgestreckten Beinen saß er da, dann wieder vornübergebeugt, stutzend, erneut stutzend, grinsend. Er war sehr schön. Seine schwarzbraunen Augen glitzerten. Durch das Fenster der Baracke sah ich, wie draußen ein älterer Mann das Nummernschild von unserem Bus aufschrieb, die Automarke, die Serie. Er hatte ein kleines Gesicht, runde Augen, O-Beine. Er setzte die Buchstaben ernst und groß und ungeübt auf seinen linierten Block. Augenaufschlag, Buchstabe, Augenaufschlag, Wort. Was er vor der Revolution gewesen sein mochte. Jetzt schien das Wichtigste für ihn der Stift und der Block, wie es die Schreibmaschine für den jungen Schönen war, der mir nun den Paß zurückreichte.
Aber es gab noch dies Papier und das Papier zu beschreiben, diese Frage und Zusatzfragen zu beantwor-

ten, Haupt- und Nebengebühren zu bezahlen – alles uns mit einer Beflissenheit abverlangt, die sich für den sympathischen Mangel an bürokratischer Übung zu entschuldigen schien. Inzwischen war es dunkel geworden. Der hundert Kilometer lange See war kaum zu ahnen. Er trägt den Namen des Landes, Lago Nicaragua, und ist verseucht, weil unzählige Leichen aus dem Bürgerkrieg darin liegen. Es hatte Pläne gegeben, den Kontinent nicht in Panama, sondern hier zu durchstoßen. Die Straße nach Managua führt an dem See entlang. Dann und wann überholten wir Kühe am Straßenrand und immer wieder Autos ohne Rücklichter. Ein langes Wetterleuchten erhellte von Costa Rica her die trockenen Flußbetten, die wir zweimal als Umleitungen benutzen mußten: Seit dem Bürgerkrieg waren die gesprengten Brücken noch nicht instand gesetzt. In einem Regenguß kamen uns Autos ohne Licht entgegen, darunter ein Traktor mit sechs Anhängern. Dann wurde es wieder trocken. Da lag eine Gruppe Mädchen mit ihren Köpfen fast auf der Fahrbahn.

Wenig später blieben wir in einem finsteren Wirrwarr unbeleuchteter Shopping Centers stecken. Wir hatten vor Managua die Umgehungsstraße nach León verpaßt. Nach vielem Fragen im Dunkeln wußte ein Betrunkener den Weg. Er stieg zu, mit viel Text, wie die Filmleute zu sagen pflegen: rechts, rechts und jetzt hier, nein, ja – seine Hand ließ er dabei schweben und federn, ja, ja, und von dieser Barrikade, hier stand sie, habe er auf die verdammten Hunde geschossen. In seinem seligen Zustand brachte er drei, vier Kunststücke auf einmal fertig:

Er führte uns in die Stadt, durch die Revolution und in einem kleinen Umweg bis vor seine Haustür, von wo er uns zum Abschied auf die große Umgehungsstraße nach León lenkte.

Vor León goß es wieder. Ein Regen, der links nichts mehr erkennen ließ, der rechts nichts mehr erkennen ließ. Gegen elf Uhr nachts kamen wir in der Stadt an. Im Hotel Europa war Donna Marguerita längst im Bett. Ihre Tochter öffnete das Tor zum Hof. Sie machte uns noch ein Glas Orangensaft. Frisch gepreßt, Eisstückchen schwammen darin.

Ich hätte die Tochter wiedererkennen können, aber ich hatte sie nicht wiedererkannt. Wie so viele aus León hatte sie in Peters Film als Statistin mitgespielt. Etwas anderes hatte ich wiedererkannt: die Sitzbank im Innenhof des Hotels und die Kübel mit den Pflanzen drumherum. Dort hatte Peter seine Jungen und Alten in die Video-Kamera erzählen lassen: von den geläufigen Greueln der Somoza-Zeit und dem ihnen selbst kaum glaublichen, lang schwankenden Sieg.

Am nächsten Morgen ging ich durch die Stadt, Peter vor mir. Ich kannte den Film, den er hier gedreht hatte, doch die Stadt warf mir die Filmbilder aus dem Kopf. Ich wurde auf meine eigenen Projektionen neugierig. Dennoch machte es Spaß, bei seinen Hinweisen eins im anderen wiederzuerkennen, so, wenn er sagte, dies ist das Kommando. Ein Klotz mit Sehschlitzen auf Betonstützen. Sehr hoch über den Dächern, damit die Guardia

Somozas die Stadt mit ihren MGs bestreichen konnte. Oder die Fassade der Kirche, in die sich die Sandinisten flüchteten – das Innere, sagte Peter, haben wir in einer anderen Kirche gedreht: den gekreuzigten Christus, die Szene mit den vielen Kerzen, dem Priester, den Gläubigen und das Massaker. Und er sagte, dies ist der Platz, auf dem Agustin, wenn er bei seinem ersten Fluchtversuch von der Armee mit dem Überlandbus nach Hause kommt, seinen Vater trifft. Ich hielt alles etwas mühsam zusammen; gleichzeitig lief es mir davon. Ich stellte mir die Stadt ohne Bürgerkrieg vor: heil, unbeschossen, unzerstört, ungefilmt. Ich stellte mir die Stadt vor mit den Leuten, die nach Miami geflohen waren. Ich stellte mir eine Stadt vor, ohne Leute, die nach Miami hatten fliehen müssen. Welche von diesen Städten war es jetzt? Ich stellte mir Peter vor, als er mit Regisseursaugen auf Motivsuche durch die Straßen gelaufen war. Und da waren sie auch schon, die Leute aus seinem Film, begrüßten uns erwartungsvoll auf der Straße, in einem Café, auf den Plätzen, in Läden. Sie waren vergnügt, sich auf den Fotos, die Peter mitgebracht hatte, zu sehen. Sie waren neugierig auf den Film, gespannt, wie es sein würde, wenn sie im Kinopalast der Stadt mitten unter dem Publikum sitzen und auf der Leinwand die Bilder verfolgen würden, die ihr Leben, ihr Überleben nachzeichneten. Ein schwankender Boden von Gesichtern und Stimmen, auf dem die Phantasie sich hinbewegte und weiterbaute und dann, von den Schauplätzen zurückkehrend, leer blieb und melancholisch, daß eine dichte Zeit vorbei, daß nur Abgeschlossenes von ihr übrig war:

der Film, das Drehbuch. Aber inzwischen waren die Kulissen wieder zu Häusern, Plätzen, Geruch und Witterung geworden, und das Leben hatte seine Menschen wieder. Und die Schauspieler? Ich dachte an ein Essen mit Oscar Castillo, den wir in San José getroffen hatten. Er hatte uns in ein auf rustikal getrimmtes Lokal eingeladen. Es lag in einem der Shopping Centers von San José. Wir stiegen über Pfützen; vor dem Fenster, an dem wir saßen, war ein Zirkuszelt aufgebaut, die Planen noch schwer und schwarz vom Regen. Letzte Zuschauer sprangen mit Schirmen unter das Vordach, zwei Elefanten wurden vorbeigeführt. Während die Kellner große Platten vor uns hinstellten, üppige Inseln voll Scampi, Hummern, Muscheln, Pulpo und anderen Fischen, deren Namen ich nicht kannte, stellte Oscar eine Art Verhör mit mir an. Wie er mir gefallen hätte als Capitan Flores? Im Film hatte ich ihm den Somoza-Offizier geglaubt. Wer ist er jetzt, hier am Tisch beim Fisch, fragte ich mich, ohne seine grüne Uniform, ohne Sonnenbrille, ohne Militärmütze, ohne Gebell, ohne Spezialeinheiten. Er spielte weiter: den Filmproduzenten, Peters Freund, den großen, hartgesottenen Linken und den Liebhaber, vor einer Tänzerin, die neben ihm saß. Er fragte mich, ob er als Capitan Flores sexy auf mich gewirkt habe. Ich sagte: nein, gewalttätig. Und jetzt? Ich ließ ein saftiges Stück Scampi aus der geknackten Schale flutschen und zuckte mit den Schultern. Oscars öltriefende Mundwinkel blieben eine Weile unten.
Ganz anders ging es mir mit Carlos Catania. Carlos ist Schriftsteller, Zirkusmann, Familienvater; jemand, der

sein Leben lang die unterschiedlichsten Berufe ausprobiert hat. Als ich ihn traf, war er mir gleich vertraut. Ich glaubte, ihn schon zwanzig Jahre lang zu kennen. Dabei hatte ich ihn vorher nur auf dem Bildschirm gesehen.

León hat viele Märkte, im Zentrum Ladenstraßen: Schuhläden, Haushaltswaren, viele Apotheken, ein Buchladen voll Broschüren, Auszüge aus dem «Kapital», Lenins «Was tun», aber keine ganzen Bücher darunter. Und überall Garküchen und fliegende Händler, überall Bohnen, Mais, Früchte, Suppen, Brot. Die Häuser sind um Innenhöfe gebaut, größere und kleinere Höfe, teils dschungelartig verwildert, teils von Zitronenbäumen, Bananen, Blumen und Gemüsebeeten überwachsen. In einem der dschungelartigen Höfe hatte die Guardia ihre letzte Bastion. Halbwüchsige haben sie ausgeräuchert und ausgebombt. Die Türen zu den Wohnungen stehen offen, die Zimmer sind voller Schaukelstühle, dazu ein Fernsehgerät, kaum sonst etwas. Die Leute schaukeln in der Hitze bis tief in die Nacht, reden, warten, daß es kühler wird, zum Schlafengehen.

Peter strahlte in einem fort. Er zeigte mir León wie das Haus seiner Geburt. Auf der Straße trafen wir Noel. Peter kannte ihn aus der Drehzeit. Er war ein dünner, langaufgeschossener Junge, ein Luftikus, ein Schnorrer. Er sollte im Film mitmachen, erschien dann aber zu unzuverlässig. Er kam mit uns ins Hotel. Er wollte immer etwas haben, meine Jeans, eine Zigarette, meine Kleider, meine Blusen, BHs. Was ich schriebe? Erotische Romane? Starke Stellen? Noel guckte sich meinen Toilettenkram an, nahm ein Buch in die Hand, wollte wieder meine Jeans, kämmte sich mit meinem Kamm, beschwerte sich, wie mager er geworden war, als er vom Kulturzentrum verpflegt wurde in der Zeit, in der er einer siebzigjährigen Frau Lesen und Schreiben beigebracht hatte, nur ein Käseomelette hätte er am Tag bekommen. Er wollte noch eine Zigarette. Immerhin könne die Frau jetzt ihren Namen schreiben, sagte er. Peter fragte ihn, ob er wieder Marihuana geraucht habe. Noel schüttelte den Kopf, aber seine Augen lachten, so wußte man nicht, ob er flunkerte oder nicht. Er kam mit in das ehemalige Bürgermeisteramt. Es ist ein Stadtpalast, in dem jetzt eine Bank, ein Büro für die Alphabetisierungskampagne und eine Volksküche untergebracht sind. An den Wänden der Eingangshalle standen Sprüche von Che Guevara, und von der Decke hing ein alter Kronleuchter. Im ersten Stock waren Fotos und Bilder ausgestellt, die León vor dem Aufstand und danach zeigten. Noel spielte meinen Führer, er ging mit mir von Fenster zu Fenster, zeigte mir die Kirchen der Stadt – mit einer Beflissenheit, die sich nicht ernst nahm. Mir als Frau und Touristin wollte er weismachen, daß ich schon alles wüßte, wenn ich die Namen der Kirchen auswendig kennte. Von der Dachterrasse konnte ich weit über die Dächer der Stadt und ringsum auf die ausgebombten Quartiere sehen. In das Geländer der Terrasse waren Bänke eingelassen, wie Theaterlogen für die Damen einer verschwundenen Gesellschaft. Es müssen ideale Standorte für Heckenschützen gewesen sein. In einer

Ecke reckten verregnete Chintzfauteuils ihre Beine in die Luft; gedrechselte Schaukelstühle, Kinderstühle, Korbsessel, dazwischen verrotteten aufgeschlitzte Matratzen: die Hinterlassenschaft des Bürgermeisters.
Ich streifte durch das menschenverlassene Kampfgebiet. Dieser Teil der Stadt war noch völlig zerstört. In den Gerschossenen, dachlosen Lehmwänden stand der Geruch von Urin, am Boden verwitterten Kackhaufen. Hier hatte das Gefängnis gestanden, hier das Gebäude der Polizei, das Hauptquartier der Guardia.
Abends holte uns Pablo im Hotel ab. Er war bei den Dreharbeiten Peters Kontaktmann zu den Behörden gewesen. Wir fuhren zu ihm nach Hause. Die Frau, die Großmutter, die Kinder. Der jüngste Sohn, ein halbes Jahr alt, hatte einen Herzklappenfehler und mußte operiert werden, da die Vene sich nicht von selbst schließen wollte. Für die Operation war er jedoch noch zu klein. Niemand wußte, ob er die Anästhesie überleben würde, aber es war auch nirgendwo in Nicaragua zur Zeit eine solche Operation möglich. Die Eltern hätten mit dem Kind nach Costa Rica gehen müssen, vielleicht sogar nach Mexiko. Ein bläulicher, kleiner, dicker Sohn auf dem Arm der Mutter. Hinterher lag er auf dem Küchentisch, um gewaschen zu werden. Ich traute mich nicht, ihn anzufassen.
Mit Pablo fuhren wir zu Lorio. Ich kannte sein Gesicht schon von Peters Video-Aufnahmen her. Jetzt erfuhr ich, daß er Fotograf war und mit seiner alten Mutter, drei Töchtern und José, dem Sohn, zusammen wohnte. Die Frau war ihm vor drei Jahren davongelaufen, weil er

ihr zuviel getrunken hatte. Alleingelassen, hatte er aufgehört zu trinken. Seine älteste Tochter war siebzehn, Friseuse. Er zog die Kinder auf und versorgte die alte Mutter. Erst jetzt bemerkte ich, daß er hinkte, und wenn ich ihm zusah, meinte ich, er wäre russischer Herkunft. Dabei stammte seine Familie aus Spanien. Vielleicht lag es an seiner scheuen Eleganz – als wäre er geradenwegs aus einem Petersburger Salon hierher emigriert. Die Wohnung machte einen abbruchhaften, provisorischen Eindruck. Sie war sehr kahl, die obligaten Schaukelstühle, ein ausgekuhltes Sofa, Löcher in den Wänden, die notdürftig verstopft und überstrichen waren. Dies alles, fand ich, paßte nicht zu dem Mann. Jetzt erzählte er: Als die Stadt umkämpft war, wurde das Haus von einem Panzer beschossen. Er, die Mutter, die Kinder hatten sich durch den Innenhof in einen der hinteren Räume gerettet. Die Soldaten der Guardia waren durch die Wohnung gezogen und hatten geplündert. Auch Lorios Kamera hatten sie mitgehen lassen.

Die Kinder hingen sehr an dem Vater. Sie folgten ihm mit Augen und Blicken, die sie auch untereinander tauschten, so daß kaum zu sagen war, wer mehr auf wen sah. Dabei sangen sie und spielten sie Gitarre. Da in dieser Stadt fast soviel gesungen wie geredet wird, war es keine besondere Vorstellung. Wir saßen in einem großen Kreis, wir tranken Coca-Cola, die Tür zur Straße hin stand offen, Leute gingen vorbei und schauten herein, hörten zu. Die Mädchen sangen Revolutionslieder. Sie standen in ihren halblangen Kleidern und in Sandalen, die Hände auf dem Rücken, der Vater begleitete sie auf der Gitarre. In einem Lied machte die Jüngste einen vergeßlichen Mann nach, der in der Apotheke etwas kaufen soll, danach beim Bäcker, auf dem Markt und so weiter und sich nie erinnern kann, was er kaufen sollte. Sie hatte ihren Spaß dabei und alle Mühe, ernst zu bleiben, weil unser Gelächter sie ansteckte. Sie war ein Clown mit seidigen, glänzenden, schulterlangen Haaren und langen Wimpern in dem Indiogesicht. «Cloromiro, Cloromiro» grölte sie den Refrain mit tiefer Stimme, es war der Name des jungen Schussels. Danach trat José auf, achtjährig, König, singendes Genie. Er hatte die Stimme eines Alten. Einmal war sie harsch, dann kehlig, brüchig zuweilen oder tief, manchmal auch nur piepsend, verlöschend, sterbend, dann wieder war sein kleiner Körper nur ein einziger Klang. Im Unterschied zu den Schwestern begleitete er sich selber auf der Gitarre. Die Griffe, die er wußte, waren einfach, seine Pausen sehr kunstvoll. Freimütig und herausfordernd sah er uns an.

Mano Negra: Im Film hatte er Frauen das Bombenanfertigen beigebracht, als Zeuge Jehovas in einer Bibelstunde. Weil der Guardia-Soldat geglaubt hatte, eine Religionsstunde zu stören, war er abgezogen. Großaufnahme: die Bomben verschwanden in zwei grünen Eimern, Plastikblumen senkten sich über sie.

Im ungefilmten Bürgerkrieg hatte Mano Negra vierzig Rebellen gegen die Guardia angeführt. Daher hatte er seinen Namen: Schwarze Hand. Bürgerlich hatte er einst Orlando Zelaya Perez geheißen. Seine Mutter war früh gestorben, so war er mit acht Geschwistern bei den indianischen Großeltern in einer Hütte auf dem Land aufgewachsen. Mit fünf Jahren hatte er schon arbeiten müssen, war um drei Uhr morgens aufgestanden, und der Großvater hatte ihm das Baumwollpflücken beigebracht. Die Großmutter hatte ihm Märchen erzählt, und sie, die selbst nicht lesen und schreiben konnte, hatte ihn in die Anfangsgeheimnisse des Alphabets eingerätselt, indem sie in Büchern Buchstaben nachgeschlagen, die sie dann mit kleinen Hölzchen nachgebildet hatte. So hätte sie, sagte Mano Negra, zum Beispiel drei Hölzchen zu einem A zusammengelegt und gesagt, sie glaubte, dies wäre ein A. Später, mit elf Jahren, in der Stadt hatten ihn Freunde dann wirklich Lesen und Schreiben gelehrt. Mit zehn Jahren war er nach León gekommen. Die Großeltern hatten ein Haus im ärmsten Teil der Stadt, in Sutiava, dem Indioviertel bezogen. Mano Negra hatte Zeitungen und von der Großmutter gebackene Eierkuchen verkauft. Manchmal hatten er und seine Brüder die Eierkuchen auch aufgegessen, statt sie zu verkaufen, dann hatte es Prügel gegeben. Als Mano Negra vierzehn war, hatte er ein Fahrrad geklaut, wobei ihn Soldaten der Guardia erwischt hatten. Sie hatten ihn auf der Wache derart durchgeprügelt, daß er von da an die Polizei wie jede andere Form von Obrigkeit nur noch hassen konnte. Die Prügel hatten ihn zum Anarchisten gemacht. Mit elf Jahren war er zum ersten Mal ins Kino gegangen. Er hatte einen Kriegsfilm gesehen und geglaubt, als geschossen wurde, daß auf ihn geschossen werde. Mit sechzehn hatte er seinen Vater

getroffen. Er hatte ihm nichts zu sagen. Jetzt war Mano Negra vierundzwanzig Jahre alt.
Meine Geschichte ist eine traurige Geschichte, hatte Mano Negra gesagt, als er von sich zu erzählen anfing, und er machte gar kein trauriges Gesicht dabei. Schwarz wie Fantomas: schwarze Handschuhe, schwarze Jacke, schwarze Hose, und eine schwarze Maske übers Gesicht gezogen, so hatte er im Bürgerkrieg ausgesehen. Ein Mann, der über die Dächer gegangen war, ein paar Ziegel entfernt hatte und über die Dächer entkommen war, wenn er die selbstgebastelte Bombe ins Haus geworfen hatte. Als Zeichen, daß er es gewesen war und nicht eine faschistische Organisation, die sich Weiße Hand nannte, hatte er den Abdruck seiner schwarzen Hand zurückgelassen. Er hatte so sechzig Soldaten der Guardia getötet. Vielleicht auch mehr, er wußte es nicht genau. Ein sympathischer Massenmörder. Mich verblüffte der Gedanke. Mir war unheimlich dabei. Kein Held der Revolution. Wahrscheinlich tötete er genauso leidenschaftlich wie er leidenschaftlich lebte. So einen Menschen hatte ich noch nicht getroffen. Über das, was er im Krieg getan und erlebt hatte, hatte er eine Ballade geschrieben. Er trug sie vor, und ich hörte zweimal zu. Jede Strophe endete mit dem Refrain: patria libre o morir, es war der Spruch der Sandinistas, wie er immer noch an vielen Hauswänden Leóns zu lesen war. Mano Negras Vortrag, eine Mischung aus altmodischem Rezitativ und Gesang, war kein Vortrag für ein Konzertpublikum, auch kein Vortrag für uns, die wir um ihn herumsaßen. Er beschwor seine Visionen. Von uns brauchte er

nur eine Gitarre oder zwei, die ihn begleiteten. Seine eigene Gitarre spielte er nicht, er schlug sie, benutzte sie als Trommel oder Gewehr. Und wenn er tanzte, war es ein angespanntes, kaum bezähmbares Toben. Nichts Eingelerntes in seinen Schritten. Er hatte die Revolution und die Ehe hinter sich, wohnte mit seinem acht Monate alten Sohn in Sutiava, dort, wo die Straßen nicht gepflastert sind und der Abfall am Weg fault. Nach dem Krieg hatte Mano Negra Kindern das Volkstanzen beigebracht. Merkwürdig, ein Mann, der im Krieg sechzig Menschen umbringt, um hinterher Kindern das Volkstanzen zu zeigen. Vielleicht hatten die Leute von der Frente Sandinista Liberación Nacional das auch unerklärlich gefunden und ihn deshalb, als sie mit dem Alphabetisierungsprogramm anfingen, anderweitig einzusetzen beschlossen: Er wurde Inspektor im neu aufzubauenden Fischereiwesen. Meinten sie, daß seine Erfahrung im Bombenwerfen geeignet war, den Dynamitfischern das Handwerk zu legen?
Wenn Mano Negra mir erzählte, bereitete es mir fast körperliches Unbehagen, ihm nicht in seiner Sprache antworten, ihn nicht genauer fragen, ihm nicht überall und schnell folgen zu können. Und er bemühte sich so, mein Italienisch zu verstehen. Merkwürdig auch das – in Mano Negras Gegenwart spürte ich es am deutlichsten: Ich fühlte mich immer fremder. Warum? Weil es nur wenige Tage waren, die ich hier bleiben konnte, oder weil alle Menschen hier so leicht und vertraut miteinander umgingen, so glücklich, daß ich mir ganz schwer, alt und überflüssig vorkam.

Mano Negra war vernarrt in Kinder. Wenn er von Kindern sprach, machte er die Bewegung einer großen Umarmung und steckte seinen schönen Kopf lachend und zärtelnd dazu: Er hielt einen ganzen Strauß Kinder im Arm. Dann holte er seinen Sohn. Er ließ ihn an der Rückenlehne meines Stuhls Klimmzüge machen oder sich nur eben so halten, danach schwang er ihn durch die Luft, gestreckt wie ein lebendiges Flugzeug. Der Sohn lachte, er drehte sich mit, dann setzte Mano Negra ihn sich auf die Schultern und tanzte mit ihm, wobei aus dem Sohn ein tiefes glucksendes Lachen kam. Mano Negra konnte sich nicht vorstellen, daß Familien in Europa oder Deutschland nicht mindestens acht bis zehn Kinder haben, ein ganzes Meer von Kindern; er konnte nicht glauben, daß Kinder in Städten nicht einmal in Hinterhöfen spielen dürfen, daß Spielplätze manchmal mit Stacheldraht eingezäunt sind – er guckte mich ganz starr an und hielt sich mit einem Blick an dem Sohn fest. Ich nahm den Kleinen auf den Arm. Er war nackt, weil es so heiß war. Seine Haut war feucht und deshalb sehr kühl. Die Finger waren nicht länger als der Nagel von meinem Daumen, um den sie sich schmiegten.

17. Mai, am Meer. Erst fegte der Wind die Sessel von der Hotelterrasse, dann schob er das Meer heran. Draußen fuhren sechs Schiffe. Sie schienen sich weder zu bewegen, noch bewegt zu werden. Poneloya: verlassene Hotels, verlassene Villen, die ehemaligen Besitzer in Miami. Meist sind diese Häuser zweistöckig, mit Säulen, Holzbalustraden und Rundgängen im ersten Stock;

nach hinten, landeinwärts Höfe.

Der Junge mit dem lachenden Affengesicht, der in dem Hotel bediente, schaukelte allein im Wind auf der Terrasse. Unter der Woche kam niemand, aber er saß da, wartete, sah aufs Meer, auf das gegenüberliegende Haus, die Palmen, die Straße oder er träumte und stellte Stühle hoch, bis der Wind sie wieder umkippte. Er fragte Peter, ob es wahr sei, daß das Meer eine Frau ist. Ein Kanadier hatte es ihm unlängst erzählt. Peter meinte, warum, das Meer könnte doch viele Bedeutungen haben. Manchmal sei es wie eine Frau, ein anderes Mal ein Mann oder ganz still wie ein schlafendes Kind, dann einfach blau, grün, glänzend in der Sonne oder stürmisch, voller Gischt. Der Junge war nicht überzeugt. Das Problem mit der Frau blieb. Und schwimmen? Er konnte noch nicht schwimmen.

Wir gingen baden. Die Wellen kamen mit Wucht und in kurzen Abständen. Die Brandung war so heftig und stark, daß die Gischt hoch in der Luft zu stehen schien. Die Wellen kamen in Terrassen. Eine davon leckte vier dicke Männer vom Ufer weg. Sie hatten im Sand gesessen und nicht aufgepaßt. Überspült glitten, kegelten sie über den Sand, nach einer Weile tauchten sie wieder auf, das Wasser zog schmatzend ab. Die Männer strichen sich durch die Haare, glänzten und lachten. Frauen gingen in ihren Kleidern ins Wasser. Im Flachen warfen sie sich in die schäumenden Wellen. Ein paar Autos parkten am Strand. Und rechts den Strand hinunter spielten Erwachsene und Kinder mit einem Landerzieher der Frente.

Später lag ich in der großen Hängematte von Donna Marguerita. Sie hat an der Straße nach Poneloya ein Landhaus. Sie nennt es so, stolz: ihr Landhaus. Ich schaukelte vor zwei Autowracks, ein Kofferradio spielte, von der Nachbarhütte her kreischten Kinder. Donna Marguerita hatte uns zum Mittagessen eingeladen.
Das Haus an der Straße ist ihre Sommerresidenz. Vor der Revolution hatte sie unter dem Vordach, unter dem ich lag, Hühner verkauft. Der Bratofen aus Backstein stand noch dort. Nach der Revolution fand sie, daß solche Privatwirtschaft und sie als private Hühnerverkäuferin nicht mehr am Platze seien. Die beiden Autos hatten ihre Söhne kaputt gefahren, die Wracks gehörten zur Familie, jeder nahm sich Teile, wenn er sie brauchte. Ein dörrender Wind ging unter dem Dach hindurch. Ich war nicht hungrig, aber Peter wartete auf den Fisch, den eine Zugehfrau bereitete, nicht Donna Marguerita selber, dazu war sie zu sehr patrona. Sie aß auch nicht mit uns. Wir waren Gäste des Hauses.
Donna Marguertias Töchter kamen vom Baden zurück, saßen mit Lockenwicklern im Schaukelstuhl, unterhielten sich schnatternd, schnell, in unermüdlichem Singsang. Ländliche, mich matt machende Idylle. Eine Kuh brüllte. Grillen zirpten. Auf der Straße fuhren die Autos zum Meer. Ich roch nach dem Sonnenöl aus Miami Beach. Es hatte diesen ekelhaften, ans Ranzige reichenden Kokusnußgeruch – und ich nach dem Fisch einen vollen Bauch. Faul lag ich in der Matte, trat ab und zu in ihren Maschen herum wie Katzen mit den Vorderpfoten.

Auf dem Rückweg die Kette der Vulkane. Sie waren in einem großen weiten Zirkel in den Himmel gestellt, schwebten. Flamboyants, Bäume, die nur aus Blüten bestanden, rote blühende Schirme. Die Baumwollfelder waren abgeerntet. Streunende Kühe. Wäsche und wimmelnde Kinder vor den Hütten. Peter wollte mir den Drehort des Flugzeugangriffes zeigen. Als er hier gedreht hatte, vor ein paar Monaten, war alles grün gewesen, und die Baumwollfelder hatten hoch gestanden, in denen er die Sandinistas sich hatte verstecken und auf das Flugzeug der Somoza-Armee schießen lassen. Ich sah auf eine kahle, ausgedörrte Gegend. Die Kriegszene im saftigen Grün hatte nichts mehr mit ihr zu tun.

18. Mai, Sonntag. Ein Landheiliger wurde am Morgen auf einem mit Blumen und Girlanden geschmückten Anhänger durch Leóns Straßen gefahren. Mit dem Heiligen zusammen standen viele Kinder auf dem Wagen. Reiter ritten ihm voraus. Eine Fünfmannkapelle schloß sich an. Es gab viele Menschen, die der Heiligenfigur durch die Straßen folgten. Die Musik war herzzerreißend. Lange, ziehende Töne, Palmwedel wippten im Takt. Die Kinder auf dem Heiligenwagen trugen kleine schwarze Schnurrbärte, auch die Mädchen, sie waren ins Gesicht gemalt.
Ein Team von einundzwanzig Mexikanern ist in León eingetroffen, um die Telefonleitungen der Stadt instand zu setzen, die das Bombardement während des Bürgerkriegs zerstörte. Sie arbeiten gerade im Hotel Europa. Einige von ihnen wohnen auch dort. Die Wiederherstel-

lung des Telefonnetzes in León ist ein Beitrag der mexikanischen Regierung zur sandinistischen Revolution.

20. Mai. Wir fuhren morgens zu einer Kommune aufs Land, zehn Kilometer außerhalb Leóns in Richtung Corinto gelegen. Das Büro der Sandinistas lag an der Eisenbahn; nebenan der Dorfschneider: drei alte Nähmaschinen unter dem Vordach seines Hauses, an der hintersten saß er und flickte eine Hose. Im Kolonialwarenladen konnte man Mangos und Plastikschüsseln und alles mögliche bis zur Seife kaufen. Der Bus fuhr hupend die rechtwinkligen Dorfstraßen entlang. Wer in die Stadt will, hört auf das Hupen. Salomon, der in León im Kulturzentrum arbeitete und bei der Feuerwehr war, führte uns. Mit zwei Leuten aus dem Büro der Frente fuhren wir los. Sie leiteten die Alphabetisierungskampagne in der Kommune und bei Bauern, die tief im Inland wohnen, fast schon am Fuß des rauchenden und ständig mit einem Wolkenhut umgebenen Vulkans, weit ab von jeder Ortschaft. Hier können die Kinder nirgendwo in die Schule gehen. Hier müssen die Lehrer der Alphabetisierungskurse zu ihnen kommen. Es sind Studenten aus León. Sie wohnen für die Dauer des Kurses, ein halbes Jahr, bei den Bauern und arbeiten in der Landwirtschaft mit.
Wir bogen bald von der Asphaltstraße ab und fuhren Kilometer weit in einem Flußbett, das manchmal breit war, an manchen Stellen zu einem schmalen Hohlweg wurde und steil anstieg. Schließlich endete unsere Flußfahrt vor dunklen Hütten. Kinder rannten herum und

Schweine, Ferkel und Hühner. Frauen tauchten aus dem Dunkel unter den Palmdächern auf, wo Kessel über kleinen Feuerstellen hingen. Keine Steine, keine Mauern. Wir ließen den Bus stehen und wanderten durch ein anderes Flußbett, an Müll vorbei, einen Feldweg entlang, bis wir zu drei Hütten auf einem kleinen Hügel kamen. In der einen saßen acht Kinder, Jungen und Mädchen wie Küken eng aneinander auf einer niedrigen Mauer. Pa pe pi po pu hörte ich sie sagen. War es ein Spiel? Sie sprachen es ihrem Lehrer nach, wie er es mit Kreide auf die hohe grüne Schiefertafel geschrieben hatte. Der Lehrer war keine achtzehn Jahre alt, seine Hände waren weiß von Kreide. Er sagte sein pa pe pi po pu geduldig vor, langsam, dem Stocken, der Vergeßlichkeit der Kinder immer wieder aufhelfend. Dann zeigte er das pa pe pi po pu in den Schreibheften. Einem kleinen Mädchen in einem grünen Kleid widmete er sich am längsten. Sie hatte einen Bleistift in der rechten Hand, mit der linken fuhr sie sich immer wieder über den Mund, dazwischen kam sehr leise und in Abständen auf das pa des Lehrers ihr pa, auf sein pe ihr pe, manchmal wußte sie nicht, griff sich an die Lippen, dann ging es weiter mit pi und pu. Wieder ging der Lehrer an die Tafel, schrieb nochmals pa pe pi po pu, alle wiederholten, dann löschte er die Zeile und schrieb na ne ni no nu und la le li lo lu. Kein «Milch» oder «Fleisch» oder «Fisch». Auch im Schreibheft nichts davon, bloß vorn ein revolutionärer Spruch, ein Foto auf einer Seite, darunter der Platz zum Schreiben. Die Hefte waren nach mexikanischem Vorbild gemacht. Der Schreib- und

Lesekurs ging von März bis August. Vielleicht würden die Kinder im Juni ihre Namen schreiben können.
Eine Frau, ihr Jüngstes auf dem Arm, stand die Zeit über, die der Unterricht dauerte, neben der Schiefertafel, sah zu, hörte zu, las mit, las mit den Lippen mit, wenn niemand hinsah. Sie trug ein schwarzes Kleid. Ihre Augen rollten, flink, auf der Hut, sie warf den Kopf schnell, heftig, als wollte sie etwas loswerden, das sie bedrückte. Schämte sie sich, weil die Kleinen auf dem Mäuerchen schon mehr konnten, als sie je gekonnt hatte, je können würde? War sie aufgebracht von den vielen Fremden? Von den jungen Männern, den Studenten aus der Stadt, die in Hängematten in der Hütte schliefen? Acht Hängematten zählte ich unter dem Dach, nebeneinander, übereinander, fünf Studenten schaukelten darin, wartend, daß der Kurs vorbei wäre. Sie hatte ein raubkatzenhaftes Gesicht und riß der Mangofrucht in ihrer freien Hand – in der anderen hatte sie ja ihr nacktes Baby – die Schale mit den Schneidezähnen regelrecht ab, mit ihren kleinen, weißen Zähnen. Den abgelutschten, glitschigen Kern warf sie nach einem Huhn, das davon aufgeschreckt davonstob, gackernd und Staub aufwirbelnd, wie auch der Kern Staub aufwirbelte, als er vor der Hütte im Sand landete. Ihre gerunzelte Stirn. Sie lachte nicht.
Eine Yamaha 125 stand in der Mitte der Hütte. Zwei Petroleumlampen hingen vom Dachgebälk, nur eine davon hatte einen Docht. Zwei der Brigadistas schossen sich zum pa pe pi po pu der Kleinen mit Gummischleudern Mangos aus den Bäumen. Sie trafen jedesmal.

Peter fragte die Studenten nach ihrem Leben hier auf dem Land, fragte, weshalb sie sich für die Alphabetisierungskampagne gemeldet hätten. Sie sagten einmütig, daß sie in der Zeit, die sie mit den Bauern lebten, aufgehört hätten, auf sie herabzusehen. Vorher sei campesino, schon das Wort, etwas Abfälliges gewesen. Sie hätten keine Ahnung von körperlichen Arbeit, Landarbeit eben, gehabt. Jeder von ihnen führte ein Heft, jeden Tag notierten sie ihre Erfahrungen, Erlebnisse und Gedanken: Wann sie aufstanden, was für ein Wetter war, ob sie sich gestritten hatten, welches Feld gepflügt worden war, gute und schlechte Familiennachrichten.
Zu Somozas Zeit verdienten sechs Bauern in einem Monat bei der Baumwollernte zwölf Dollar. Die Lohn- oder Saisonarbeiter auf den Haziendas waren, außer in den kurzen Monaten der Ernte von Kaffee, Zucker und Baumwolle, das ganze Jahr über arbeitslos. Feudalherrschaft nach dem marxschen Bilderbuch: Die Bauern hatten auf den Feldern der Großgrundbesitzer zu arbeiten und waren teilweise in Geld, teilweise in Naturalien entlohnt worden. Die Großgrundbesitzer hatten gleichzeitig als Zwischenhändler fungiert, Waren – Material, Lebensmittel – in der Stadt gekauft und die Bauern, die keine Zeit und kein Geld hatten, in die Städte zu fahren, genötigt, in ihren Depots zu kaufen.
Auf dem Weg zurück zum Bus sagte der eine der beiden Leiter, daß der Großgrundbesitzer, dessen Land nun in den Händen der Landkommune war, nach Miami geflohen wäre.
Nach Miami geflohen, ich hörte es oft. Miami, die

Sammelstadt für Emigranten, die hofften, die Junta werde mit ihrem planwirtschaftlichen Kurs in Anlehnung an Moskau und Kuba nach einem Jahr am Ende und gezwungen sein, Privatwirtschaft wieder zuzulassen, so wie es jetzt bereits Robelo, der Führer der Oppositionspartei forderte, und sie würden zurückkommen und wieder Herren des Landes sein. Miami, Miami, selbst wenn die Geflohenen nicht nach Miami gegangen waren – Miami war fast ein Synonym.
Auch der Besitzer der großen Villa in León mit Swimming-pool, Atrium, hohem Eingangsportal, Arkaden und vier Innenhöfen, war nach Miami geflohen. In seinem Haus war jetzt das Kulturzentrum untergebracht. Nachmittags von drei bis sechs war Malstunde für Kinder. Zwei Lehrer kümmerten sich um sie, aber nur der eine von beiden war ausgebildet, der andere war Schriftsteller. Beide verstanden sich nicht als Lehrer, eher als Gebärväter. Sie ließen die Phantasie der Kinder frei. Die Themen waren offen, und die Kleinen malten eine lärmend bunte Haus-, Wolken-, Schiff-, Meer-, Bäume-, Vogel-, Blumenwelt in Wasserfarben. Platz zum Malen fanden sie überall, auch wenn es nur eine Staffelei gab. Ein Junge malte zum Fensterbrett hinaus, drei andere kniend vor einer Bank, andere hockten auf den Fliesen, zwei Mädchen malten auf den Knien. Bücher lagen herum, sie stammten aus der Stadtbibliothek und sollten erst notiert und eingeordnet werden. Zwischen den Büchern Gewehre, ein Stahlhelm mit Sprechanlage. In einer Kiste gab es Patronenhülsen und einen Patronengürtel. Demnächst sollte es eine Ausstellung geben,

Radio und Fernsehen wurden erwartet. Wir sahen uns an, was schon alles gemalt war, umringt von allen, ihrem Geschrei, ihrer Aufgeregtheit. Die Jüngsten waren vier Jahre alt. Manche hatten die Farben nur zusammengetupft. Hugo, Peters kleiner Freund unter den Kindern, war auch hier wieder der große Künstler. Seine Kuh lehnt jetzt neben meinem Bett in Berlin an der Wand: Braunweiß grast sie auf einer von der Sonne ausgedörrten Wiese. Dann gibt es einen Zaun auf dem Bild, eine Hütte unter zwei hohen Palmen, im Hintergrund ragt der Vulkan, grün bis zur Spitze, in den Himmel, über ihm schweben zwei flauschige Kegel – die Wolken. Hugo war zehn. Er wuchs bei seiner Großmutter auf. Sonntags putzte er erst, dann wusch er ab, dann ging er ins Kino. Er kam mit uns in den Zirkus.

Ein mexikanischer Zirkus, zu arm, um professionelle Top-Artisten zu engagieren, ein Zirkus zum Mitspielen. Kinder über Kinder, die bis unters Dach Kopf an Kopf saßen, Mütter, Großmütter, Väter. Seit sieben Uhr war Einlaß, um halb acht sollte es anfangen, mittlerweile hatte sich herumgesprochen, daß es nicht vor halb neun losgehen würde. Aber keine Ungeduld kam auf. Keiner verließ seinen Platz, auch wenn alle unter der Hitze litten, sich in der Enge fächelten. Der Zirkusdirektor, glitzernd in seinem Anzug, kam. Dann begann es. Ohne Tiere. Kein Elefant, Hund, Hahn, Esel – Tiere wären in der Hitze zusammengebrochen. Statt dessen eine dicke Frau in rotem Trikot am Seil. Ein kleines Mädchen in den Ringen, gelenkig wie eine Gummipuppe. Ein Mann mit roter Gesichtsmaske, auf einem Seil sitzend, der sich bis unters Dach schwang. Seiltänzer mit Stange und Stuhl. Der Clown als Seiltänzer, der am Ende Rumba tanzt. Liliputaner, die sich einen Boxkampf lieferten. Ein Schiedsrichter, nicht größer als sie. Die klassischen Nummern. Bei der Clownsnummer hatten zwei Clowns im Wettlauf weiße Luftballons von einem Haufen zu einem Stuhl zu tragen und sich draufzusetzen, damit die Ballons zerplatzten. Eine Horde Jungen stürmte die Manege: Sie hielten die Spannung nicht aus, halfen die Ballons von den Haufen zu den Stühlen zu tragen. Dieses Durcheinander schwarzhaariger Köpfe und weißer Ballons. Und es roch nach Tieren. In New York bei Ringling Brothers and Barnum & Bailey im Madison Square Garden mit achtzehn Elefanten, die gleichzeitig durch die Manege getrieben werden und weiß ich wieviel Pferden und Eisbären und Tigern roch es nach allem möglichen, bloß nicht nach Tier. Nun, es gingen zehntausend Menschen hinein, sie sahen von sehr weit weg her zu, und der Boden war mit Plastik ausgelegt.

Mittwoch, 21. Mai. Hugo kam morgens ins Hotel, um sich zu verabschieden. Im Paito saß er mit uns am Frühstückstisch, abgewendet, sah er in die Palmen. Was er tue, ob es ihm nicht gut gehe? Doch, sagte er. Er beobachtete, wie die Fliegen über die Rispen liefen, wie die Sonne in dem Grün spielte, was die kleinen Katzen drunter machten. Stumm, zeitvergessen, genau. Seine großen, schräg geschnittenen Augen schienen jedes für sich aus dem breiten Gesicht spazieren zu gehen. Sie sind mir nachgewandert, bis nach Berlin zurück.

Elisabeth Plessen
Mitteilung an den Adel

Roman. Band 9585

»Als Form der intellektuellen Auseinandersetzung und Abrechnung mit einer Vätergeneration, deren Kennzeichen die Angst vor der Freiheit ist, die sie predigt, ist Elisabeth Plessens ›Mitteilung an den Adel‹ auf einzigartige Weise geglückt.«
Lothar Baier, Süddeutsche Zeitung

Augusta, Journalistin in München, erfährt durch einen Anruf der Mutter vom Tod des Vaters. Die Frage: Kommst Du zur Beerdigung? Der Vorwurf: Du hast ihn auf dem Gewissen. Die Fahrt nach Hause über die Autobahn von München nach Ostholstein wird zu einer Reise in die Vergangenheit, zu einem Stück Trauerarbeit.
Augusta denkt über die Auseinandersetzung mit dem Vater nach. Sie weiß, der Konflikt mit ihm hat tiefreichende, existentielle Wurzeln: Seine Sprache, sein Denken, beide so verschieden von ihrem Sprechen, ihren Vorstellungen, haben die Entfremdung vorangetrieben. Daß der Vater auch nach dem Krieg festhielt an seiner zur Leerformel erstarrten Sprache und an Gefühlen, die längst in den Verdacht des Sentiments geraten waren, das ist es, was sie ihm nicht verzeihen kann. Und so umfährt sie den Ort der Beerdigung und kehrt nach München zurück.

Fischer Taschenbuch Verlag

fi 1533 / 1

Monika Maron

Flugasche

Roman. 224 Seiten. Kart. Collection S. Fischer Bd. 2317
und Fischer Taschenbuch Band 3784

Josefa Nadler ist Journalistin. Als ihre Reportage über das Kraftwerk B. nicht erscheinen darf, verläßt sie den Freund, den Kollegenkreis und die große Gemeinschaft der Organisierten. Die realistische Darstellung der Berufswelt und der Wünsche und Ängste einer Frau, die selbst denken und eigene Gefühle entwickeln möchte, macht den Roman ›Flugasche‹ zu einem erstaunlichen literarischen Zeugnis unserer Gegenwart.

Das Mißverständnis

Vier Erzählungen und ein Stück
Fischer Taschenbuch Band 10826

Fünf Texte von der Vergeblichkeit; von der Erwartung, die immer wieder enttäuscht wird. Ein Hauptgedanke verbindet die vier Erzählungen und das Stück ›Ada und Evald‹: man liebt, was sich einem entzieht; alle Sehnsucht richtet sich immer auf das Unmögliche.

Die Überläuferin

Roman. 221 Seiten. Leinen
und Fischer Tschenbuch Band 9197

Die ›Überläuferin‹ ist der Roman eines Stadtviertels (Pankow) und der Sehnsucht nach dem Überschreiten der Grenzen, des Rückzugs und des Aufbruchs.

Monika Maron / Joseph von Westphalen

Trotzdem herzliche Grüße

Ein deutsch-deutscher Briefwechsel
132 Seiten. Broschur

S. Fischer · Fischer Taschenbuch Verlag

fi 565 / 5

Katja Lange-Müller

Wehleid – wie im Leben

Erzählungen

Collection S. Fischer Band 2347

Katja Lange-Müllers kurze und längere Prosastücke sind von einer sprachlichen und thematischen Radikalität, wie sie nur unter großem Druck entstehen kann. Sie entfalten die Möglichkeiten des realistischen und ironischen Erzählens, des Märchens, des Prosagedichts sowie der expressiven Darstellungsweise. Entsprechend vielfältig sind ihre Themen: Sie reichen vom Heute bis in die Kindheit zurück, sie handeln vom Alltag in der DDR wie von der fernen Mongolei, von der Kunst wie von dem kaum bekannten Leben in geschlossenen psychiatrischen Anstalten. Katja Lange-Müllers schonungsloser Blick und ihre präzise Sprache decken die verborgene Wahrheit der Gegenstände, Szenen und Lebenszusammenhänge auf.

Fischer Taschenbuch Verlag

fi 567/1